四叠半时光机布鲁斯

〔日〕森见登美彦／著
冯锦源／译

新星出版社 NEW STAR PRESS

四叠半时光机布鲁斯

Yojohan Time Machine Blues

本书是以上田诚的《夏日时光机》为故事原型，
以森见登美彦的《四叠半神话大系》为基础撰写的原创作品。

目录

原版装帧　铃木久美
装帧画　中村佑介

第一章

八月十二日

我可以斩钉截铁地说，迄今为止，自己没度过哪怕一个有意义的夏天。

有人说，夏天是成长的季节，士别一“夏”当刮目相看！要想志得意满地向同班同学展现脱胎换骨的自己，周密计划、早睡早起、强身健体、学业有成，这些条件缺一不可。

可是租房生活第三年的这个盛夏，我被焦躁的心情折磨着。

京都的炎炎夏日让我们的四叠半公寓如塔克拉玛干沙漠般灼热，在连生命都受到威胁的严酷环境中，我的生活节奏一溃千里，周密的计划成了纸上谈兵，酷暑让我的身体和学业双双遭受打击。这时候还妄谈成长？恐怕连天王老子都做不到吧。

唉，真是梦断四叠半啊。

大学生活也已过半，我却从没享受到有意义的夏天，更别提练就对社会有用的才能了。再这样原地踏步下去，社会恐怕会毫不留情地将我拒之门外。

能令我起死回生的救命稻草只剩下科技的结晶——空调了。

○

八月十二日午后时分，我和一个男人在209号房相对而坐。

我租住的学生公寓位于下鸭泉川町，名为下鸭幽水庄。被大学生协[1]介绍来这里的时候，我甚至怀疑自己迷失在了九龙城的街头。摇摇欲坠的三层木楼看得人提心吊胆，活脱脱就是一处文化遗产嘛。但是不难想象，就算这里因为一场大火化为灰烬，也不会有人扼腕叹息。

世上叫人最不舒服的情景，莫过于两个光着上身、汗流浃背的男大学生在四叠半的陋室中大眼瞪小眼了。偏偏房顶又被炎炎烈日烤得滚烫，让209号房的不舒适指数几乎爆表。

就算我不顾体统地把门窗打开，把从老家带来的古董电风扇开到最大风力，热浪依旧滚滚而来，令我意识蒙眬。坐在我眼前的这小子真的存在吗？莫非只有我这种心灵纯洁之人才看得见这肮脏的海市蜃楼？

我用毛巾擦了一把汗，喊了一声“小津”。

“你叫我？”

“你还活着吗？”

1　注：全称为“大学消费生活协同组织”，是日本一种为大学生与教职员工在购买、互助、医疗、住宅等方面提供服务的全国性联合组织。

“请别把我放在心上，反正我是将死之人了。”

他几乎是翻着白眼说出这句话的，脸上病恹恹的灰白色皮肤因为汗水闪着油汪汪的光，看起来活像刚刚出锅的滑瓢怪[1]。

午后的学生公寓静得出奇。一大早吵得人心烦的蝉鸣也偃旗息鼓，叫人不禁怀疑是否连时间都停止流逝了。好几个租户回了老家，有几个傻瓜会挑这炎炎夏日把自己关在四叠半的房间里呢？

此刻还待在这栋破公寓里的人，除了我和小津，就只剩下隔壁210号房的留级生——樋口清太郎了。

昨晚一整夜，樋口师父在我这里静静地为空调守灵，但天一亮，他就念着错漏百出的《般若心经》，然后嘀咕了一句叫人匪夷所思的话——“四叠半中轻井泽[2]，灭却心头火自凉——笃”，便退回了隔壁房间。一个上午过去，我们再也没有见到他，不得不佩服他竟然能在炼狱般的酷暑中呼呼大睡。

小津说自己想喝芒果星冰乐，我就给他倒了一杯微温的咸麦茶，只见他像癞蛤蟆吸泥水一样嘬着茶杯中的液体。

“难喝，真难喝啊……”

“少废话。”

“我受够这种江户时代风格的矿物质补充了。”

---

1 注：日本的一种妖怪，源于日本民间传说中的客人神，喜欢在别人家中恶作剧。因为是光头，所以也被称为“滑头鬼”。

2 注：日本的一处避暑胜地。

我对一脸委屈的小津视而不见。

刚才我提到“为空调守灵一夜”，想必会让诸位读者大为好奇。

接受悼念的主角是很久以前就安装在209号房的传奇空调，这台与四叠半公寓格格不入的科技结晶显然是未经房东同意擅自安装的，体现出前租户豪迈的性格，堪称历史遗迹。于是，整栋楼唯一拥有空调的209号房就成了所有租户艳羡的对象。

大一的夏天，只穿着一条裤衩、自称樋口清太郎的留级生在公共厨房凑近我耳边，将209号房的传说告诉了我。对当时的我来说，拥有空调的四叠半房间宛如亚瑟王归天的阿瓦隆岛，简直是遥不可及的仙境。我做梦都没想到，自己两年后会有幸搬到这里来。

然而，我费力地从一楼搬到二楼后，只享受了区区几天的清凉恩惠。

而这一切的始作俑者，就是眼前的小津。

○

小津与我同级，就读于工学院电力电子工程系，却对电力、电子、工程都深恶痛绝。他大一的学分和成绩就如此不堪入目，让人不得不怀疑他留在大学里的意义。

不爱吃蔬菜的他和方便食品形影不离，脸色差得就像来自月球背面的外星人，看上去令人毛骨悚然。要是在大晚上撞见了，十个人有八个会误以为他是妖怪，剩下的两个会认定他就是妖怪。欺软怕硬、我行我素、趾高气扬的小津不光脾气古怪，还好吃懒做、厚颜无耻，可以就着别人的不幸吃下三碗饭。如果没认识他，想必我的灵魂会比现在纯洁几分。

“你毁了我的人生。”

“不就是把可乐洒在了遥控器上吗？”小津抹了一把脸，若无其事地笑着说道，“明石同学会帮我们弄好的。”

“你一点儿都不知反省。”

“我凭什么要反省啊？”小津露出一副无辜的表情，“又不是我一个人的错，是明石同学要在这儿拍电影的。也不晓得是谁把遥控器搁在那种地方，还有人可乐喝了一半都不知道收好。而罪魁祸首就是宣布跳裸体舞的你啊！”

“我才没说过那种话。”

“甭想抵赖，明明是你自己把气氛调动起来的。”伶牙俐齿的小津接着说道，“归根结底，遥控器被泼了点可乐就用不了，简直是设计缺陷嘛。你却把责任全推到我一个人身上，还大言不惭地说什么反省……我倒觉得自己才是受害者。”

滑瓢怪说的话并非全无道理，空调上居然没有开关，实在令人匪夷所思。万一明石同学修不好遥控器，空调就再也打不开了，我也不得不在灼热的四叠半房间里度过整个暑假。早知如此，何必搬家？一楼还凉快点呢。

我起身往水槽里拧了拧毛巾，又把它搭在肩上，说道：

“我本该度过一个有意义的夏天，逃离这种自甘堕落的生活，脱胎换骨变成男神，只要空调没坏的话！”

“痴心妄想。”

“你说什么？”

“我会拼尽全力把你变成一个废物的，就凭一台空调也想过上有意义的学生生活？你太小看我了。”

我再度坐下，死死地盯着小津。

“你是在幸灾乐祸吧？”

“随你怎么想，嘿嘿。”

我是在大一那年春天认识小津的，当时我们都是幻想铁路社团京福电铁研究会的成员。此后的两年半，我不堪回首的青春阴影里总有他的参与。此人简直就是把前途无量的学生带进荒野的梅非斯特[1]，我甚至怀疑他是故意打翻可乐的，毕竟他可以就着别人的不幸吃下三碗饭。

我将湿毛巾朝他身上甩去，说道：

“装也得给我装出反省的样子！”

“我的词典里就没有‘反省’二字。”

---

1 注：在英国剧作家克里斯托弗·马洛的戏剧作品《浮士德博士的悲剧》与德国作家歌德的诗剧《浮士德》中与浮士德签订契约，引诱人类堕落的恶魔形象。

小津一边奸笑，一边用自己的毛巾反击。

“浑蛋！”

“我才不怕！”

你一下我一下，我们互相抽打着对方一丝不挂的孱弱身躯，居然因此快活起来。不一会儿，小津就哀号着蜷缩起身子。

“你投降了吗？”

我越发起劲儿地不断拿毛巾朝他身上甩去，小津举起双手，大喊道：

“等等，先停战！有人来啦！”

我回过头去，只见明石同学站在开着的房门口。她左肩上扛着一只大包，右手拿着波子汽水瓶，像仔细观察牵牛花的小学生那样目不转睛地看着我们。

“憨憨的友谊地久天长。”

说着，明石同学喝了一口波子汽水。

○

明石同学晚我们一届，是大学电影社团“禊”的一分子。尽管样子看起来酷酷的，却是一个盛产无聊电影的可爱学妹。根据和她同在一个社团的小津介绍，社内对明石导演的评价含糊不清。几乎人人都赞赏她高于常人三倍的专业拍摄速度，可一提到电影的无聊水平，他们就齐刷刷地缄口不言了。

明石同学本人对周围不置可否的评价倒是毫不在意，今年暑假又接二连三地完成了一大波作品，宛如转世投胎到无聊电影界的文豪巴尔扎克。昨天她也从一大早忙到下午三点，在公寓后面的房东家里拍摄无聊的科幻古装片。

明石同学把包放在房间门口，问道：

“你们在干什么？”

“也没干什么。”

“我们是热昏了头，嘿嘿。”

“我刚看到的时候还以为撞上了亲热戏，犹豫着该不该回避呢，可是大门开着……”

“也算是卿卿我我。”小津说道。

“总之忘掉那一幕吧，明石同学。”我说道。

“好的，我这就忘掉。”

我和小津赶忙整了整行头，明石同学轻轻地走进了房间。

电器商店的老爷子能让不幸经历了可乐洗礼的遥控器起死回生吗？我大气都不敢出地望着明石同学，只见她端坐在地上，双手合十道：

“请节哀顺变。”

我只觉得自己像一只泄了气的皮球。

“果然没救了吗？”

“总之我把遥控器放在他那里了，不过他说没什么希望了。他还说型号太老了，没想到现在还有人用，早该换了。”

“有那本钱也不必触这种霉头。”

“嗯……”

这时，一旁的小津蛮横地说道：

“真是的，明石同学，你太让我失望了！”

我插嘴道：“你给我闭嘴，永远别再说话了。”

“小津学长说得对，我也很遗憾。”

明石同学似乎度过了充实的半天暑假。

她早晨七点起床和太阳公公打招呼，吃完营养丰富的早餐后前往刚开门的大学图书馆学习了整整两个小时，后来不光去了电器店修理遥控器，还光顾了下鸭神社纠之森[1]的“纳凉旧书节”。

就在她度过如此难能可贵的半天的同时，我们两个又在干什么呢？光着上身，盘腿坐在闷热难当的四叠半房间里，大眼瞪小眼地冒着臭汗。浪费，愚昧，人间地狱！生命中一去不复返的夏日时光就像太阳底下的刨冰一样融化殆尽，空虚得叫人无话可说。

明石同学有些哭笑不得地问道：

“小津学长，后来你还是在这里过夜了吗？”

“我们要为空调守灵嘛。”小津扬扬得意地说道，“这个屋子可是全体租户梦寐以求的地方，难怪他们会爆发出无声的愤怒，不过我

1 注：日本京都下鸭神社内的一座原始森林。

是无所谓啦。”

“因为小津学长是变态啊。”

“知我者，师妹也。”

“可我的人生计划都被你搞砸了。”我抗议道。

“你每天都过得无聊却快活，还有什么不满的？”

我刚掐住嬉皮笑脸的小津的脖子，过道里就传来一阵很刺耳的噪音。

下鸭幽水庄每层过道的尽头都有通往晾衣台的玻璃门，正上方则安装着直连公寓楼后方房东家的扩音器，以便我们所有人都能听见那位大娘的“金玉良言”。通过破破烂烂的喇叭，房东的声音宛如从天而降，威风凛凛，一直以来都被大家称为“天上的声音”。至于内容嘛，基本就是催缴房租。

“樋口师父，210号房的樋口清太郎！”

房东严肃的声音响彻过道。

“我知道你在屋里，该出来交房租了。”

然而，隔壁的怪人毫无起床的迹象，“天上的声音”重复了几遍后无功而返，公寓重归寂静。

“隔壁一点反应都没有。”我说道。

“不‘起’如山。”小津接话道。

“师父还在休息吗？真了不起。”

令人难以置信的是，明石同学和小津都自称是樋口师父的“弟子”，从去年年底开始经常光顾我们的公寓。

樋口师父这个人的确被当成整栋楼里的魔王，租户们对他很敬畏，就连房东都颇为看重他。

可是，根据我这两年来对樋口清太郎细致入微的观察，他和我们脑海中的传统形象如出一辙，就是一个碌碌无为的留级生。只要稍不留神，某人的人生就会被他引入暗无天日的歧途中。我既不想看到明石同学向这种人拜师学艺、白白浪费自己的青春，又对她因此造访这栋破烂公寓感到庆幸。半年来，我见到明石同学的心情时总是很复杂。

我喝光杯中的大麦茶，说道：

“樋口师父到底教了你们什么？”

“真是一针见血的问题，其实我也答不上来。”小津说道。

“非要说的话，他就是‘人生的导师’吧。”

“不愧是明石同学。”小津点了点头，又对我说，“瞧你窝在这种四叠半房间里，一副愁眉苦脸的样子，还不如和我们一起当他的弟子呢。你被赶出京福电铁研究会以后不是很闲吗？说实话，前几天我问过师父肯不肯收你为徒，他一口就答应了，所以你已经是我们俩的同门了。”

“别擅自主张！”

“好啦，不用和我客气。”

明石同学凑上前来，盯着我的脸，说道：

"很开心的哟，学长和我们一起吧？"

就连意志坚定的我也差点因为这句甜言蜜语而晚节不保。

假如我拜入樋口师父的门下，明石同学就是我的师姐了。师姐……这是多么令人想入非非的身份啊！甜美得仿佛入口即化的豆沙糕。

可惜，我既不在乎从天而降的师姐，也不愿意从莫名其妙的怪人那里学习什么人生之道。我才不要沦陷在这种碌碌无为的日子里，只想积极把握有价值的学生生活，脱胎换骨成为男神，到时候……

我瞥了一眼明石同学。

"反正我不想拜他为师。"

"太遗憾了。"小津煞有介事地叹了一口气，"若真成了师兄弟，我还想叫你一起去参观十六日的五山送火会[1]呢。师父答应带我们去一个秘密观景处，机会难得呀。不过算了，你就傻乎乎地在这里看京都电视台吧。明石同学，你可要腾出时间哟。"

"我不去。"

听明石同学这么一说，小津目瞪口呆。

"咦，为什么，怎么回事？"

"我和别人约好了。"

"昨天你可没说啊，你到底和谁一起去？"

---

1 注：每年 8 月 16 日晚上 8 点在日本京都左京区的大文字山等山上举行的篝火仪式。

“我凭什么要让你知道？”

明石同学直视着小津的脸，连小津都被瞪得哑口无言。出了心底一口恶气的我本该庆幸他倒霉，却也暗自伤心。

八月十六日，明石同学要和别人一起去看送火会，对方究竟是谁呢？

我从旁偷看了一眼明石同学，她的表情淡定得不可思议，就像冰天雪地里的纠之森，白净的面颊上不带一丝汗珠。

“明石同学，你不热吗？”我问道。

“热得要死。”

说着，她喝光了波子汽水。

〇

昨天，也就是八月十一日，大伙儿从一大早便忙着拍摄新电影《幕末软脚蟹列传——武士大作战》。

光看名字就能猜到内容有多无聊了，其灵感却来自我和小津。明石同学听见我们在四叠半房间里你来我往地胡吹乱侃，神不知鬼不觉地写好了剧本，说要把它拍成电影。

故事背景设定在幕府末年的庆应年间。

大学生银河进出于种种原因，从二十一世纪的四叠半公寓穿越到过去，误打误撞地闯入了维新志士的家中，认识了在幕府末年维新历史上垂名的西乡隆盛[1]、坂本龙马[2]、高杉晋作[3]、岩仓具视[4]、胜海舟[5]、土方岁三[6]等人。

然而，银河拥有一种骇人听闻的能力——可以将身边的人尽数变成好吃懒做的废物。

在他的影响下，幕府末年的英雄们一个个失去魄力，无论是佐幕派还是倒幕派的势力都随之土崩瓦解。等他担心未来会受到影响时已经来不及了，哪怕他四处警告历史遭到改变的危险性，那些英雄也只会冲着他傻笑。

最后，佐幕派和倒幕派抱成一团，一边唱着"无所谓啊"，一边手舞足蹈。时空连续体也因为承受不住历史大幅度的更改而发生崩溃，整个宇宙惨遭毁灭。

全剧终。

看完剧本以后，我不禁担心地嘀咕道：

"这样写没问题吗？"

"没问题。"明石同学信心十足地点了点头，"要的就是这种。"

昨天早上，一大群学生聚集到下鸭幽水庄，他们都是明石同学

---

1 注：日本明治初期政治家、明治维新的领袖，后成为新政府的首脑。

2 注：日本明治时代的维新志士，倒幕维新运动活动家、思想家。

3 注：日本幕府末期的著名政治家、军事家。

4 注：日本明治时代政治家。

5 注：日本幕府末期、明治时代的政治家。

6 注：日本幕府末期的剑客，与近藤勇一起于1863年创立新撰组，任副首领。

所在的电影社团“禊”的成员。

在这支业余摄制组中，最趾高气扬的人物就要数社长城崎学长了。只见他大摇大摆地踏进公寓，一边抱怨“这哪是人住的地方”，一边在我提供出来当化妆间的209号房占山为王，连门也不关就开足空调，简直岂有此理！我的怒气气压表与电表数值一样，以前所未有的气势节节攀升。不仅如此，城崎学长还指着明石同学的剧本，肆无忌惮地批评它内容无聊。

虽然那些意见句句中肯，理应得到重视，但我就是不想从他嘴里听到。

“是我提供的灵感。”我插嘴道。明明不是他们电影社成员的我，之所以毛遂自荐参与摄影工作，正是因为感受到了这份责任。

“哦，是吗？”

城崎学长直勾勾地看着我，好像在说“那又怎样”。

从那一刻起，我便和他势不两立。

我决定今后非拖他后腿不可，手段越阴险越好。总之我先把空调调成暖气模式，然后退出了房间。

公寓二楼的室内过道上堆满了杂物，再加上摩肩接踵的摄制组成员和演员，仿佛是人满为患的电车车厢。明石同学像一只小蜜蜂一样在其间穿梭，专心致志地检查戏服，讨论拍摄安排。正当我沉醉于她的飒爽英姿时，从209号房传来了城崎学长的怒吼声：

“怎么变成暖气了！”

我心中大感畅快。

这时，210号房的房门开了，樋口清太郎冒出头来对我打了一声招呼。

只见他穿着深绿色的和服，长发被扎在脑后，双手则塞进了衣袖里。这虽然是他的扮相，但和我们平常在公寓里撞见他时的模样大同小异。他摸着活像洒满铁砂的大号茄子的下巴，朗声道：

“日本的黎明！”

“你在扮演坂本龙马？”

“嗯，不好驳了弟子的面子。”樋口师父说着，从怀中掏出道具枪，“日本的黎明！日本的黎明！”

一个脸上涂得煞白的瘆人角色从过道另一头走来，那正是扮演岩仓具视的小津。他用金光闪闪的折扇遮住下半边脸，摆出搔首弄姿的造型，嘴里重复说着“然也，然也”，闹得人怪心烦的。樋口师父也不甘示弱，用道具枪对准他，大喊着“黎明，黎明”。打扮成西乡隆盛的城崎学长气呼呼地走出209号房，念叨着“可以有，可以有”。

拍摄地选在了公寓后头的房东家大宅。面对接二连三走进家门的学生，房东睁大了双眼，说道：

“哎呀呀，挺像那么回事儿嘛。”

摄制组大部队在一个带廊台的日式房间里安营扎寨，正好面对着院子。虽然从院子里的树缝间可以清清楚楚地看见公寓煞风景的晾衣台，但只要拍摄时别穿帮，这里倒也有几分像“维新志士的秘密据点”。

尤其引人注意的是院子深处的一尊古怪石像。石像长得如妖怪一般，虎背熊腰，盘腿而坐，不禁让人联想到洛夫克拉夫特[1]的恐怖小说。据说，它的形象来源于过去位于此地的沼泽中的魔王——河童。房东警告我们，不尊重石像就会遭报应，于是谁也不敢动它。

明石同学望着石像说道：

“不觉得有点像城崎学长吗？”

那身肌肉确实和他颇为相似。

饰演从二十一世纪的四叠半公寓穿越回过去的笨蛋大学生银河进的，是电影社团“禊”中的高年级学生——相岛学长。他是一个爱摆架子的消瘦眼镜男，和明石同学说话时那副阴阳怪气的腔调十分惹人厌。

相岛学长和城崎学长一样，对我们的无聊剧本不依不饶地大肆批评，抓住主人公描写上的细枝末节不放，说什么“心理上难以理解，演不来”。我实在忍无可忍，反驳道：

“像你这样喋喋不休，好戏也要拍烂了。”

“刚才我就觉得奇怪，你是哪位啊？”

相岛学长眯起镜片后的双眼，冷冷地说道。

1 注：美国恐怖、科幻与奇幻小说家，尤以怪奇小说著称，代表作品有《克苏鲁的呼唤》《星之彩》《疯狂山脉》。

“我是路过帮忙的。”

“我可没征求你的意见。”

“电影的灵感是我提供的。”

“哦，是吗？”

相岛学长直勾勾地看着我，好像在说“那又怎样”。

不管是城崎学长还是相岛学长，都对明石同学的目标一无所知，也毫不理会，净是一些目中无人的家伙。

心中燃起熊熊怒火的我突然产生了这样的想法：或许自己也和他们是一丘之貉。

我之所以主动参与拍摄，是因为自诩可以凭借真知灼见来帮忙改善明石同学的无聊电影，但是人家拜托过我吗？

明石同学只想拍无聊电影，既然如此，那我的职责就是从那些摩拳擦掌，想要“改善电影”的蠢货手中守住那份可爱的无聊。只有在这场斗争中和她建立起深厚的友谊，我才能摆脱路边石子般的处境。

我暗下决心，要贯彻这个方针。

“那么，我们开始吧。”

明石同学站在廊台上宣布开机。

从结果来看，我不为人知的决心没有起多大作用。

自从法国的卢米埃尔兄弟发明电影放映机至今，想必没有哪部电影是一帆风顺完成的，哪怕有人数得清恒河的沙，也数不清拍电影时会遭遇多少幺蛾子。

那群我行我素的演员没有一个肯乖乖听话——城崎学长始终不满于自己被分配到的西乡隆盛一角，动不动就想篡改台词；相岛学长一门心思钻研人物内心，反复要求重拍；脸上涂得煞白的小津上蹿下跳地恶心人；樋口师父就只会说一句“日本的黎明”。

入戏太深的新撰组[1]分子摩擦不断，甚至为了中午的盒饭拔刀相向。音响师和照明师小两口吵架，房东的爱犬茶毛也闯进来捣乱，对这一切感到不胜其烦的社团成员留下纸条，不告而别。小津在拍打戏的时候推倒了河童像，惹得房东大发雷霆。

即使如此，明石同学还是绞尽脑汁地坚持拍摄。她反复改写剧本，变更登场人物和拍摄顺序。为了说服演员，她不惜采用虚虚实实的手段，比如把排练说成是正式录像，或者反过来保留了本该作为彩排的镜头，抑或者谎称“待会儿还会重拍”，却再没了下文。

参与拍摄的人都不清楚这部电影究竟会虎头蛇尾还是会有始有终，除了明石同学自己。

下午三点多，随着演员们在院子里边唱“无所谓”边跳的僵尸舞蹈告一段落，明石同学宣布杀青。只不过大家都保持着沉默，因为没有人相信她的话。面对茫然若失的演员，茶毛在一旁郑重其事地拉了一坨屎。

“这一定会是一部好片儿。”

1 注：日本幕府末期，幕府为加强京都市警备区而组织的编外军队。

樋口师父的话没有得到什么反响。过了一会儿，小津问明石同学:“真的结束了吗？”

“是啊，大家辛苦了。”

“总感觉有的地方没头没尾的。”

“没有，该拍的都拍了。”明石同学斩钉截铁地说道,“后面我会剪辑好的。”

明石同学有可能做得到吗？电影真的拍完了吗？

我刚想叫她，却又闭上了嘴。

明石同学独自站在院子里，抬头望着晴朗的天空，浑身上下洋溢着我从未见过的满足感。

○

“学长，你没事吧？”

听见明石同学的呼唤，我回过神来，感觉自己好像有点热晕了。

如走马灯般在脑海中浮现的昨日光景，活像一部巨制特艺彩色的奇观电影，压得我喘不过气来。况且，昨天发生的事情还不止这些。

拍完电影后，我和小津、樋口师父去绿洲澡堂泡澡，回到公寓后便遭遇了“可乐事件”，眼睁睁地看着自己的空调撒手人寰。而我颓废的大学生活中最为漫长的一日也在给空调守灵的阴郁气氛中落下了帷幕。

“昨天发生了好多事情呢。”

“谢谢学长，多亏了你的帮助我才能拍完电影。”

“每次都像那样吗？”

“我也是第一次拍那种大场面，不过现场一直以来都很乱。可是我很喜欢那样的感觉，可以让作品显得不拘一格。”

“我还以为一定完不成呢。”

“为什么呀？”明石同学一脸不可思议地问道，“只要把该拍的镜头都拍了，靠剪辑就能解决问题。”

“单论把电影拍出来，恐怕没有人比得过明石同学。”小津带着自豪的口吻说道，又补了一句“虽然内容很无聊”。

“不许这么说。”我抗议道。

“事实就是如此啊。”

“无聊也没关系，我就想拍成那样。”

听明石同学这么一说，小津露出扬扬得意的表情。

每年十一月的大学文化节上，电影社团“禊”都会在校园里举办自己的电影节，最大的麻烦还要数那个城崎学长了。《幕末软脚蟹列传》不可能入得了他的法眼，最坏的结果是上映申请遭到拒绝。电影节的排片表由城崎学长最终拍板，看得出他不想让无聊的作品位列其中。

“去拜托羽贯小姐就好啦。”小津说道，“城崎学长也不好驳她的面子。”

羽贯小姐是一位牙医，在附近的窪塚牙科诊所上班，时不时会来拜访樋口师父，和我也打过照面。她每次都会用英语打招呼，是一个活泼开朗的美女，昨天拍摄快结束时也过来串门了。樋口师父、城崎学长、羽贯小姐这三个人有着多年的交情。

“嗯……”明石同学思索了一会儿，说道，“不过应该没那个必要，我拍过不少电影了，今后还会拍下去。片子一多，城崎学长那里总会有漏网之鱼，不可能都不通过。”

“原来是片海战术啊。”我不禁佩服地说道。

“如果有了新的灵感，还请告诉我。”

不管怎样，能让她满足总是一件开心事。

我又依稀回想起昨天完成拍摄后明石同学仰望晴空时的充实神情。真没想到，从我和小津的侃大山中诞生的故事也能帮到她。

只是与此同时，这件事也在我的心里留下了一抹哀愁。

眼前的女孩能从我们毫无意义的闲聊中挖掘出一部作品（哪怕内容很无聊），反观我自己，在两年半的大学生涯里究竟有什么成就呢？自从被京福电铁研究会扫地出门，看破红尘的我就把自己关在四叠半的小小天地里，除了半妖怪的小津就再无人登门拜访。天花乱坠的东拉西扯没有给我们带来任何收获，落在地上化为乌有。再这样下去会有什么出息？若想将来能陪在明石同学身边，就必须把自己锻炼成对社会有用的人才。也就是出于这个目的，我才弄到了空调这件传说中的法宝……

我心有不甘地抬头看着自己房间里的空调。

“唉，我的空调！”

“你还不死心啊？”小津问道。

“我这辈子都不会原谅你。”

“就算得不到你的原谅，我们的友谊也会天长地久，毕竟咱俩是被命运的黑线联系在一起的。”

我想象着两个男人如同无骨火腿一般被漆黑的丝线缠得密不透风、沉入幽暗水底的样子，不禁打了一个寒战。

“你们可真要好啊。”

明石同学微笑着说道。

○

小津怎样虽不关我事，但我实在不忍心把明石同学留在这酷热难当的四叠半房间里。

“去过道上待一会儿吧，”我提议道，“多少凉快点。”

然而，就算走出房门，外面的景象也不见得有多清爽。

过道的另一边是公寓的仓库，里面的杂物都堆到门外了——有每周来打扫的阿姨用的工具、大约是从前租户留下的日常用品、房东的个人所有物……一切都难分彼此，根本无从整理，大概连房东也只能睁一只眼闭一只眼。初次面对如此情景时，我差点以为是有人在二楼的过道里设下了路障。

明石同学在一张暴露着黄色填充物的沙发上落座，小津敲响了隔壁210号房的房门。

“早上好，师父，早上好啊。”

不一会儿，门内传来樋口清太郎嘟嘟囔囔的声音：

“心头……”

“心头？”

“灭却……”

“灭却？”

“四叠半也成大雪山！”

发出最后的朗声高呼后，210号房再度被沉默笼罩。

为了吸一口新鲜空气，我走到了晾衣台上。

穿过有些脏兮兮的晒洗衣物，我靠在栏杆上，低头看向建造在公寓范围内的简易浴室和晾衣竿。屋后的水泥墙连接着房东的院子，茂密的树丛在午后烈日下闪闪发光。正对青草坪的廊台看上去很凉快，房东的爱犬茶毛就躺在下面。

“茶毛！”

想逗狗狗玩的我朝它打了声招呼，只见它一脸不屑地抬起头来。可是，茶毛似乎没弄明白是谁在叫自己，发了一会儿呆就低吠着把脑袋重新贴在地上，仿佛确信是自己听错了。

这条可爱的杂种犬终生致力于在地上挖洞，除此之外的时间，它就像现在这样趴在绿荫下打盹或追着自己的尾巴转圈。每次看到它那无忧无虑的样子，我就会想起哲学家叔本华的名言——“动物只活在当下”，感叹时间观念已然逐渐溶解在无意义的四叠半生活中的自己，恐怕更像一条狗，而非人类。于是，我便会有一种叫着茶毛的名字逗它玩的冲动。

真是一条可爱的邻家小狗！

昨天拍电影那会儿，面对走进房东家的大批学生，发起人来疯的茶毛比平时更加积极地挖洞，打滚打得不停，还分分钟上演拉屎大戏。看着在片场里如入无人之境的茶毛，我们也不得不承认茶毛群众演员的身份。

“幕府末年也是有狗的。”

明石同学如是说。

我又喊了一声“茶毛”，可爱的邻家小狗这回一动不动了。

我从晾衣台走回过道，看见明石同学端端正正地坐在沙发上，目不转睛地盯着双膝上的笔记本电脑。小津坐在地上，把两只脚丫子伸进灌满了自来水的澡盆里，一副享受的表情。

“喂，别乱用我的澡盆。”

“你放心好啦，”小津闭着眼睛说道，“我的脚就像刚出生的婴儿一样干净。”

就在我生闷气之时，明石同学给我看了笔记本电脑里昨天拍摄的画面。

一脸煞白的小津看得人直起鸡皮疙瘩，城崎学长用一张臭脸无声地宣告着自己对角色的不满，拘泥于人物内心世界的相岛学长表演起来却是纯粹地照本宣科，其余众人也个个像是被蹩脚演员的灵魂附体了。

“真是糟透了，惨不忍睹。”

小津放肆地嘲笑着他们，好像他自己不包括在内一样。

不过话说回来，樋口清太郎还是颇为惹人注目的。尽管他只会说一句“日本的黎明”，却能在不同的场景中改用稍微不同的口吻，为电影添加了一言难尽的统一性。

因为穿越者银河进改变了历史，整个宇宙都烟消云散，“日本的黎明”完全失去了意义——联想到如此悲惨的结局，樋口师父兢兢业业重复的台词也就多了几分讽刺和悲壮的韵味。樋口清太郎自然不可能精心设计到如此程度，假如这一切都是明石同学事先筹划好的，那她的手段未免太过高明了。

我暗自佩服起明石同学。这时，屏幕上出现了那尊河童像。

“是河童呢。”

“为什么这么虎背熊腰的？”我问道。

“据说河童酷爱相扑，应该是练出来的吧。”明石同学答道。

“在沼泽底下吗？”

“没错，就和练健美一样。”

“可我越看越觉得它像极了城崎学长。”

镜头中，在院子里四下乱窜的岩仓具视（也就是小津）扑向了酷似城崎学长的河童像，队形毫无章法可言的新撰组随后赶到。在众人的推搡扭打中，河童像缓缓倒地。见到这一幕的房东火冒三丈，拍摄被迫中断了。

“哎呀，这里也拍到晾衣台了。”

“嗯，我会剪掉的。”

这时候，明石同学忽然凑近电脑屏幕，嘀咕了一声“咦”。我猜是不小心拍到了茶毛，也就没放在心上，反倒是从过道另一头走来的一名男子引起了我的注意。

那名男子在过道中央停下了脚步，小心翼翼地开口问道：

“请问，你们是下鸭幽水庄的人吗？”

那个人留着土气的蘑菇头，身上那件土气的短袖汗衫的下摆还塞进了颜色一看就很土的裤子里，就连斜挎在肩上的包也土里土气的。他简直是一名来自土气国度的土气传道者，周身上下无处不在的逆潮流感反倒让我倍感亲切。孺子可教也。

“你是新来的租户吗？”我问道。

“那倒不是……”

“所以你是来找人的？”

“也不是。”

土气男露出困惑又腼腆的表情，羞红着脸，默不作声。原本对着笔记本电脑的明石同学也好奇地抬头看向他。

尴尬的气氛被“天上的声音”打断了：

“樋口师父，210号房的樋口清太郎！”

房东威严的声音响彻整条过道。

“我知道你在屋里，该出来交房租了！”

土气男睁大双眼望向头顶的喇叭，问道：

“这是什么？”

“房东的公寓广播。”

“原来它就是传说中的公寓广播？”

看见他两眼放光，我着实不明白有什么好兴奋的。

接着，“天上的声音”终于逼得210号房打开了房门。从黑暗中缓缓现身的，正是有着“四叠半守护神”“不小心坠落到四叠半的天狗”等诨名的公寓最久租户——樋口清太郎。他蓬松的头发根根朝天，宛如一把倒放的扫帚，身上的浴衣皱得不成样子，硕大的下巴上挂满了汗珠。

“诸位好啊，今天也有点热呢。”

樋口师父一边用湿毛巾擦着身体，一边说道。

这时，土气男吃惊地大喊道：“樋口师父！你是怎么过来的？”

樋口师父睡眼惺忪地瞧了瞧土气男，似乎一点儿都不好奇对方的身份。

“随波逐流罢了。”

“随波逐流？”

“没错。”樋口师父点了点头，“请问阁下是哪位啊？”

然而，土气男并没有回答，只是像一条发愣的金鱼一样嘴巴一张一合，视线在我们的脸上一一扫过，然后小声地说了一句“打扰了”便转身跑开。他的脚步声渐行渐远，最后消失在楼梯下方。

明石同学问樋口师父：“他是师父的熟人吗？”

“不，从来没见过。”

“可是，他知道师父的名字。”

“也许曾在红尘中擦肩而过吧，行人如流水永不断绝，只是那人不再是原本的人了……与我萍水相逢的人堪称形形色色。”

樋口师父摩挲着胡子拉碴的下巴说道。

○

我应付不来这个既是邻居又是留级生的樋口清太郎，总是尽量和他拉开距离，因为动物的直觉在提醒我，此人很危险。

樋口师父用手中的账本朝脸部扇着风。这里的房东每月收取房租后，都会在各自的账本上按下印章，这种做派可以说是与时代脱节了。记录着樋口师父和房东多年金钱纠葛的账本宛如一部在仓库吃灰的江户时代古籍。

“我得去交房租了，可是身上没钱。”

樋口师父语气平淡，仿佛在陈述科学上的事实。

“我没钱，可是得去交房租了。”

我听得莫名其妙，不过他很快就换了个话题。

“对了，谁拿走了我的沙宣？”

“沙宣？”

我们都没有明白他在说什么。

“是洗发水吗？”明石同学问道。

樋口师父点了点头，说：“正是，要老实交代就趁早，我可以既往不咎的。”

原来，樋口师父钟情的“沙宣基础保养保湿洗发水”不知不觉间从他的沐浴用品中消失了。暂且不论他对发质出人意料的执着，他至少不该随便冤枉我们。

“谁会偷你的洗发水啊！”

“这款产品可好用了，瞧瞧我头发的光泽。”

樋口师父指了指自己冲天的头发，至少说明他完全信赖沙宣这个品牌。

“肯定是这家伙干的好事。”

听到我的栽赃，小津轻描淡写地回应道：

“我怎么可能背叛师父？”

“你们昨天去澡堂了吧？”明石同学问道，“回来的时候洗发水还在吗？”

“这么说来，”樋口师父凝视着半空说道，“好像已经不见了。”

“那就是丢在澡堂了，可以打个电话去绿洲问问，准是被前台收着呢。”

在明石同学滴水不漏的解决方案下，樋口师父无端冤枉好人的风波告一段落。

“那我去交房租了。”樋口师父说着，在过道上缓缓挪动双脚，小津一个箭步来到他的身边。

“师父，我和你一起去。”

“能拜托你拔刀相助吗？”

“包在我身上，像咱这么听话的弟子不好找吧？”

看来小津是想帮樋口师父垫付房租。

房东的宅子紧挨着公寓的后门，从这里过去得先走出大门，再绕一圈石墙。而且交房租的时候总少不了红茶配点心的招待，要等上好一会儿才能看到印章在账本上尘埃落定。

也就是说，他们俩一时半会儿也回不来。

我靠在过道的墙上，注视着坐在沙发上的明石同学。

从晾衣台那边吹来的风摇响了挂在门口的风铃，和酷热难当的四叠半房间相比，这片刻清凉仿佛来自大雪山。

“真有种‘暑假’的感觉呢，不是吗？”明石同学抬起头来，闭上眼睛说道，“仿佛回到了从前。”

听她这么一说，我也有了同感。

回忆起上小学时的某个午后，打清早起就去游泳池游泳的我望着让人昏昏欲睡的阳光，吃着冰激凌，在令人心旷神怡的疲劳中只想打个盹。既像是放空了自己又觉得很充实，心中有一丝淡淡的寂寥，更多的还是甜美。对当时还是小学生的我来说，剩余的暑假生活仿佛一张纯白的画纸任我挥毫，让我深深地体会到幸福的感觉。

在记忆的润色下，就连空荡荡的四叠半公寓似乎也变成当年的游泳池了。

暑假的午后，我和明石同学单独待在一起，自然渴望时间能就此停下脚步。明石同学当然听不见我心中的祈祷，只是蜷缩着身体，对着电脑屏幕紧锁眉头，想必是在为剪辑影片伤脑筋吧。

我欣赏着明石同学冰山美人的侧脸，又记起刚才小津和她之间有关五山送火会的谈话，心中不免一阵躁动，就好像面对从地平线滚滚而来的恐怖乌云一样。

明石同学说八月十六日要和别人一起去看送火会，是哪个半路杀出来的程咬金？

对我来说，这可是不能坐视不管的大问题。

○

让我们把时钟拨回到昨天，也就是八月十一日。

拍完电影后，我们几个去了绿洲澡堂。

下午四点过后，我们走出公寓，来到炎热的居民区。西斜的太阳在脚边落下浓密的阴影，行道树上传来阵阵蝉鸣。我有一种错觉，仿佛在这个夏天已经经历过无数个同样颓废的午后时光。

从下鸭泉川町来到御荫街，再向东跨过高野川，很快就能抵达绿洲澡堂。无论是印着大大的“汤”字门帘，还是店主人所在的老式前台，抑或是摆着一排大号衣物篮的换衣处，都让这里堪称标准意义上的澡堂。

下鸭幽水庄只有一处十分钟一百日元的收费淋浴室，所以迷茫中的四叠半主义者若想舒舒服服地泡个澡，就会跨过御荫桥，来到这处名副其实的“绿洲”中。

我们坐在浴缸里发呆，小津还唱着古怪的数数歌[1]。

“《幕末软脚蟹列传》会是一部有趣的电影。”我说道。

“怎么可能？”城崎学长嘟囔道。

“城崎学长，你有什么不满吗？”

“废话，我才不会认可那种无聊电影。”

“明石同学倒是很满意啊。”

“所谓电影，就是面向社会发出的呐喊，必须认真对待。说到底，这部片子的剧本本就一塌糊涂，打算把它拍出来的想法本身就是对社会的轻视，我觉得她是在浪费自己的才华。”

1 注：原本为ちゅうちゅうタコかいな，从前日本儿童在游戏等场合，两个两个地数数时会用的词语，以该词语代替“2、4、6、8、10”。

“反正只是业余电影啦。”

“就是因为有你这种人，文化才会倒退。”

“不管怎么说，我的演技还是很精彩的。”樋口师父突然自吹自擂，“日本的黎明！”

“我真搞不懂，怎么把坂本龙马交给你来演？”

“弟子亲自请我出山，我也不好拒绝啊。”

“这是最叫我不服气的。”城崎学长叹了一口气，“你凭什么当师父啊？要当也该由我来当，你们都应该更尊敬我才对。”

城崎学长之所以感到不甘心，就是因为明石同学没有对他毕恭毕敬。

假如我是电影社团“禊”的一分子，想必会对城崎社长揭竿而起。我会和小津联手生产大量无聊电影，却因为没有明石同学那样的天赋逐渐丧失在社团内的地位，到大二的秋天就会和小津一起惨遭驱逐。我仿佛亲身经历过一般，可以在脑海中勾勒出这一切的画面，这也许就是我对明石同学深感共鸣的原因。

明石同学，你一定要坚持走自己信仰的道路，这是人的使命，妥协和服从没有任何价值。

“这部电影毫无疑问是杰作。”我说道。

见城崎学长板着脸闷声不响，我也默默地扫视起整个澡堂来。男澡堂里除了我们还有三位客人，他们用毛巾裹着头，紧挨着坐在一起，任凭水花拍打在身上。

不一会儿，樋口师父起身去冲澡，小津三步并作两步走向电浴槽。由于刺激过强，这里的电浴槽素有“杀人机器”的外号，也只有小津这种阴暗的家伙才会如飞蛾扑火般主动承受酷刑。

这时，从女澡堂传来一阵娇滴滴的声音：

“樋口、城崎！”

“咦，是羽贯？”樋口师父回答道，“什么风把你吹来了？”

“我偶尔也想来一回澡堂。”羽贯小姐不紧不慢地说道，“感觉这样也不错，怪优雅的。”

我下意识地抬头望了一眼天花板，从天窗射下一缕斜阳，热腾腾的蒸汽在里面翻滚。

杀青后独自站在院中仰头望天的明石同学在我的脑际浮现，那是一个多么有魅力的人啊。

和她初次相遇是在今年二月，那天正好是立春。

从灰色天空中落下的细雪、银装素裹的纠之森马场、缠着红色围巾的明石同学，还有小熊布偶——这些画面让我过目难忘。

我在这半年里居然止步不前，也许情敌早就对她虎视眈眈了。

想到这里，我坐立不安地说道：

“我有点事，先回去了。”

见我要走，在电浴槽里痉挛的小津一脸不可思议地说道：

“这么急？可以再放松一会儿嘛。”

○

走出澡堂，迎接我的是八月漫长的黄昏。

“要上了，要上了，要上了！”

我敲打着澡盆给自己鼓劲。

此行的目的无他，就是邀请明石同学去逛五山送火会。

去年散步时，我在吉田山附近发现了一个不为人知的地点，可以尽情欣赏燃烧的“大”字，便打定主意将来要带着意中人前往。那可是我的撒手锏，此刻不用，更待何时。

快到高野川的时候，我看见桥对面的御荫街上有个纤细的人影。心跳骤然加快的我停下脚步，没错，那正是明石同学。她并没有注意到我，而是自顾自地走向下鸭神社里的纠之森。

电影拍摄完成后，明石同学的确说过自己要去逛旧书市。

想想看，旧书市上关于五山送火会的书要多少有多少，只要我们俩都看到，话题自然而然就会转向去看送火会的事情。到时候，邀请明石同学一同前往不就成了绅士的义务吗？

“简直是千载难逢的好机会！”

我跟着明石同学走进了纠之森，里面的天色更加昏暗了。从通往下鸭神社的神道拐进南北向的狭长马场，就能看见两边密密麻麻的白色帐篷。顾客渐渐散去，广播喇叭里传来旧书市即将结束的通知。明石同学似乎是受了影响，加快脚步，从一顶帐篷去到另一顶帐篷。

直接说结果吧，我没有叫她。

首先，明石同学的动作太快，让我不可能很自然地和她打招呼；其次，我也不想打扰正在专心致志挑书的她；最后一个理由——跟着明石同学在旧书摊里转来转去，让我渐渐冷静了下来。

对她来说，我不过是“小津的朋友”或者“樋口师父的邻居”。虽然我也努力想在《幕末软脚蟹列传》中为明石同学出力，但那毕竟只是她拍摄的众多作品之一。难道我没有高估自己所做的贡献吗？也许我们俩的距离不像我期望中的那么近，在她眼里，我仍然只是路边的一个石子罢了。

假如我约明石同学去看五山送火会，谁能保证她不会冷冷地还我一句“凭什么”呢？

一想到这里，我就浑身发抖。

越琢磨这件事，我的脚步就越发沉重，已经被远远甩开的我再也追不上她了。

不久之后，我只能站在原地目送明石同学健步如飞地离开。

“今天就先这样吧。”

说着，我转身折返，不知不觉来到鸭川边，坐在榆树下的长椅上遥望波光粼粼的水面。

是的，我没能对明石同学发出邀请。可假如有人不分青红皂白地骂我“胆小鬼”“不够男人”或者“优柔寡断”，那他也太愚蠢了。正是因为我尊重明石同学，才不愿意将自己的心意强加在对方身上，这种战略上的撤退恰好证明我是一个高情商的绅士。犹豫也是绅士的必修课嘛，哪怕在旁人看来有那么一丝丝恶心。

从鸭川的岸边能远远望见被夕阳染红的大文字山。

“再说了，约人家去看送火会也太俗套了。”

对京都的学生来说，邀请意中人一同游玩的节日选择可多了，比如葵祭[1]、祇园祭[2]、五山送火会、鞍马火祭[3]等等。我以前也渴望能带着女孩子一起逛那些活动，但是男女关系本该配合彼此的节奏小心翼翼地经营才对，而不是被节庆安排牵着鼻子走。

今天不行还有明天，明天不行还有后天，后天不行还有大后天。

只要回到下鸭幽水庄，就有空调的凉风在等着我。如今的我已经入住空调房，堪称环境的宠儿。周密计划，早睡早起，强身健体，学业有成，只要每天都过得充实，我总能成为配得上明石同学的男人。到时候我们俩自然而然就会变得亲密起来，一切都水到渠成。

“好！”我仿佛看见了一丝曙光，抱着澡盆大喊了一声，站起身来。

---

1 注：又称贺茂祭，是日本京都下鸭神社与上贺茂神社的祭礼，每年 5 月 15 日举行，京都代表性的节庆之一。

2 注：日本代表性的祭祀活动之一，每年 7 月 1–31 日于日本京都东山区八坂神社举行。

3 注：每年 10 月 22 日在日本京都左京区鞍马山由岐神社举行的节日仪式。

当我从暮色中的鸭川回到下鸭幽水庄，一件叫人不忍直视的事情便发生了。更令人意想不到的是，它非但影响了我个人的命运，还将包含银河系在内的整个宇宙拖入生死存亡的关口。

○

回到公寓的我一进大门，就听见二楼传来喧闹声。

“那个人去哪儿了？”

小津的嚷嚷声震撼着我的耳膜，看来从澡堂回来的他还在和樋口师父他们玩耍。

我走上楼梯，来到过道，看见尽头处的樋口师父和小津正东张西望，城崎学长和羽贯小姐也在那里。他们一会儿瞧瞧晾衣台，一会儿打开各个房间的门，还时不时翻翻堆在一旁的杂物，像是在找东西。一股不自然的凉风吹到我的身上，原来209的房门敞开着。这帮人又在乱用我的空调！我刚想发火，就见明石同学从晾衣台回到过道上。她回来的时候我大概还在河边疗伤吧。

“学长！”

她看见我的模样后，似乎倒吸了一口凉气。

“怎么了，出什么事了吗？”

听见明石同学的叫声，樋口师父、小津、城崎学长、羽贯小姐都聚集了过来，还各自发出惊叹。众人的目光集中在我怀里的澡盆上，流露出前所未见的敬意。

“原来你都准备好了呀，”羽贯小姐说道，“真讨人喜欢。”

就连城崎学长都仿佛对我刮目相看，夸赞道：“真是个会带动气氛的家伙。”

我一把从他手上夺过遥控器，关上了自己房间的空调。

“别随便用啊。”

说完，我把遥控器放在小冰箱上，旁边还有半瓶可乐。

明石同学有点担心地问道：

“学长，你真的要这么做吗？”

“做什么？”

“不……不就是……那个……”

“好啦，跳起来吧！”

小津拽住我的胳膊，把我拉到过道中央。其余人或是坐在沙发上，或是搬来圆椅子，不约而同地向我投来期待的视线。我只能抱着澡盆茫然地看着他们，心里纳闷儿：小人有什么能孝敬诸位的吗？

“跳？”

“你刚才不是说好了吗？”小津嬉皮笑脸地大声说道，“跳裸体舞啊！”

“裸体舞？凭什么啊？”

“还在卖关子啊。”樋口师父摸着下巴说道。

城崎学长皱起眉头，说：“事到如今再装蒜也太难看了，是男人就快点。”

“我们不会跑掉的。”羽贯小姐说道。

“不是，我真没听懂你们在说什么。”

我迷茫地看了一眼明石同学，只见她躲在樋口师父的身后。她的表情一言难尽，夹杂着羞怯、听天由命和若干求知欲。

“你不是把道具都带上了吗？”小津指着我怀里的澡盆，“拿着它，像这样跳就行了。”

他摆出用澡盆遮掩下半身的手势，跳起舞来。

直到现在，我都能清晰地回忆起小津奸笑着跳舞的模样，那简直就是如假包换的邪恶化身。毫不夸张地说，他凭借那段恶魔的舞蹈击碎了我的未来，更将整个宇宙逼入绝境。

小津的右手撞上了冰箱，可乐瓶顺势倒下，转瞬之间，冒着泡沫的黑色液体便从瓶口涌出。

“遥控器！”明石同学大喊道。

我一把推开小津飞奔过去，却为时已晚。

遥控器被可乐浸透，坏得很彻底。

○

我被这场悲剧折磨得失魂落魄，再也顾不上裸体舞的古怪要求，把自己关进了209号房。明石同学他们走后，樋口师父便提议为空调守灵，后面的事诸位读者也都知道了。

让我们再度把时间拨回到八月十二日下午。

我背靠过道墙壁，偷偷打量着明石同学的表情。

她究竟要和谁一起去送火会呢?

明石同学脸色苍白地面对着电脑，神情越发严肃，想必是在为剪辑发愁。在这种气氛下，我实在不好意思打听她约会的对象。

她盯着屏幕，问道：

"学长，你能过来一下吗？"

听见这声紧绷着弦的呼唤，我不禁哆嗦了一下——难道她看穿了我的心思?

"你来看一下这个镜头，挺奇怪的。"

得知原来是要聊和电影有关的问题后，我松了一口气，走到沙发旁边，在明石同学身侧坐下，看向笔记本电脑。

画面中出现的是房东的院子与河童像，白脸岩仓具视（小津）正和那支烂泥扶不上墙的新撰组队伍打得不可开交。不光他们的表演毫无生气，就连摄影机也拍到了远处公寓晾衣台的穿帮画面。要说奇怪的话，好像没有一处的画面是正常的，不过明石同学默默地快进了一小段，斩钉截铁地说道：

"就是这里。"

"哪里？"

"你看，就在晾衣台上。"

明石同学按下暂停键，指着屏幕。

公寓晾衣台上闪现出了一个人影。

“那不是小津吗？”话一说出口，我就发现不对劲了。这么一来，在院子里和新撰组打群架的人又是谁？

“同时出现了两个小津……”

“刚才重新看的时候我才注意到。”明石同学继续说道，“莫非小津学长还有个双胞胎兄弟？”

“怎么可能？我从没听他提起过。”

“说不定他不想让我们知道。”

我总是对三头六臂大显身手的小津感到不可思议，他不仅是电影社团“禊”的一分子，还拜樋口清太郎为师，但这些都只构成了他这个古怪男人的一小部分。我听说他同时参加了好几个社团，还被宗教系垒球社和某个迷雾重重的校内组织视为骨干人员。明明身板和我一样像根豆芽菜，也不知他是怎么做出这番超常表现的，理由想必不只是荒废了学业这么简单。不过，万一真的有好几个小津同时存在，谜底便可水落石出了。

我再一次紧盯电脑屏幕。

画面中的小津从晾衣台探出身来，脸上的表情乐开了花，我甚至还能听见他那恶魔般的笑声。面对他邪恶的笑容，我在脑海中想象着小津扭动身体，从一个变成两个，又变成四个八个的画面，繁殖速度堪比细菌。他们仿佛是一大群面色苍白、对地球发起侵略的外星人。

明石同学和我对视了一眼。

“这究竟是怎么回事？”

○

“你们俩挺要好的嘛。”

我一抬头就看见羽贯小姐和城崎学长从过道另一头走来，明石同学立刻关闭视频，又对我使了个眼色，大概是让我先别声张小津的恐怖秘密。

“你们好。”城崎学长惜字如金。

“好热啊。”羽贯小姐接着问道，“樋口在吗？”

“他刚才和小津一起去找房东了。”我站起身说道，“应该就快回来了吧。”

“难得有机会，我还想着咱们仨一块去吃个饭。昨天樋口不是要给空调守灵嘛，所以就没去成。你们要是有空也一起来啊。”

羽贯小姐在明石同学的身旁坐下。

“空调怎么样了？”

“还没修好呢。”我答道。

“可真够倒霉的，夏天还长着呢。”

之前也介绍过，羽贯小姐是城崎学长和樋口师父的朋友，是一位牙医。顺便一提，没有人知道他们三个是怎么认识的。

“电影能弄出来吗？”羽贯小姐问道。

“全靠大家帮忙。”明石同学说着，摸了摸笔记本电脑。

“我等着看呢。樋口演的是坂本龙马？”

“那家伙，从头到尾就只会一句台词，简直烂透了。”城崎学长发起牢骚来。

“你们别听那个人瞎说，他没有天赋。”

就在这时，城崎学长身后响起一阵杂物坍塌的声音。那些堆在过道上的玩意儿始终保持着微妙的平衡，稍被刺激便会散落一地。

羽贯小姐回过头问道：“城崎，你在干什么呢？”

“我可没动。”

“是碰到哪儿了吧。”

“这公寓怎么回事啊？堆满了垃圾。”

城崎学长即使嘴上抱怨，也还是老老实实地收拾起地上的东西。好像每次和羽贯小姐在一起，他那飞扬跋扈的性格就会有所收敛。

“哈哈……”羽贯小姐笑着转向我们，有些遗憾地说道，“我也想来参观参观你们的拍摄啊。”

这句话让我有些听不明白了。

“羽贯小姐，昨天你不是在拍摄现场吗？”

“怎么可能？我快天黑才下班呢。我和你们这些人不一样，我一直都在辛勤劳动。”

"可你去了澡堂吧？"

"澡堂？"羽贯小姐一脸诧异地反问道。

"你还在女澡堂和我们打招呼呢。"

"等等，你在说什么呀？"

"奇怪，城崎学长也听见了吧？"

听我这么一问，杂物堆后面的城崎学长不耐烦地说道：

"听见了，的确是羽贯。"

"你们不会是热昏头了吧？"羽贯小姐说道，"昨天我只是下班过来看看，正好碰上裸体舞的事，然后小津把可乐泼在遥控器上，大伙儿就散了。我还纳闷儿你们在搞什么呢。"

总觉得双方说的话都对不上号。

我忽然想起，昨天傍晚从旧书市回到公寓，一群人就聚在过道上，要求我跳什么裸体舞。虽然因为可乐的事不了了之，但那时的对话也很诡异，仿佛鸡同鸭讲。

"毕竟是大热天，脑子转不过来也很正常。"羽贯小姐打着哈欠说道，"对了，城崎，你在干什么呢？"

我朝过道对面看了一眼，发现城崎学长正蹲在地上。

我走上前去，看见过道上有一件古怪的玩意儿。那似乎是一叠榻榻米，像被煮过一般泛着油汪汪的黑光。那叠榻榻米非比寻常，大约是用公寓的榻榻米改造来的，中间装着一张红色单人椅，椅子的正前方还有一块装置着操纵杆和按钮的面板。

“你们说这是什么东西？”

我们都聚拢到城崎学长的身边。

“不好说啊。”羽贯小姐两手抱在胸前。

“这东西刚才就靠在旁边的墙上。”

“像是某种交通工具，又没有车轮。”我说道。

“是师父捡来的？”明石同学问道。

“不对，等等……哦，原来是这么弄的。”

城崎学长竖起了榻榻米附带的落地灯模样的装置，瞬间给我一种似曾相识的感觉。

不光是我，恐怕在场的所有人都想起了那部老少皆知的著名漫画。那只圆滚滚的蓝猫机器人从遥远的未来降临时乘坐的交通工具和这东西十分相像。可是这种联想也太欠缺新意了，难怪我们都不好意思承认，只能站在原地大眼瞪小眼。

过了一会儿，明石同学羞答答地小声道：

“这该不会是时光机吧？”

晾衣台上的风铃丁零零地响了起来，为夏天增添了一抹存在感。

○

我们在“时光机”旁围成一圈，笑得直不起腰来。

它的完成度确实很高，转动面板上的开关就能调整年份和日期，加号和减号按钮大概分别对应的是未来和过去。也就是说，想去十年后就加十，想回到十年前就减十。

“这是谁做的？”

“应该是某个闲得没事干的能工巧匠吧。”

我们你一言我一语地点评到一半，樋口师父和小津也从房东家回来了。

“看起来诸位兴致很高啊。”说着，樋口师父朝城崎学长伸出手去，“城崎，还我沙宣。”

原来他们刚才给绿洲澡堂打了电话，对方说没有看到遗留的洗发水。于是樋口清太郎发挥了胆大包天的推理能力，认为既然不是我和小津偷的，那嫌疑人就只剩下城崎学长了。

“你的洗发水和我有什么关系！”

“城崎，要道歉就趁现在。”

羽贯小姐打圆场道：“先别管那种事了。樋口，这台时光机是你的吗？”

樋口师父饶有兴味地望着摆在过道里的玩意儿，说道：

“没见过，不是我的东西。”

“那就是小津的恶作剧？”

见城崎学长将矛头指向自己，小津摇摇头说：“怎么会呢？我的恶作剧可没这么小儿科。”

公寓过道上的“时光机”的确不会给任何人带来不幸，甚至还能制造欢声笑语，对依靠幸灾乐祸维生的小津来说也太小清新了。

我盯着面板瞧了一会儿，发现年份被设定为-25，日期则是0。我转了转按钮，试着将年份和日期分别调为0和-1。这样一来，目的地就变成昨天了，不过精确不到小时。

冷不防地，樋口师父严肃地命令小津道：

“小津啊，出发吧，前往时空的彼岸！”

“遵命！”

小津将我推到一旁，坐上“时光机”，或者说像一只阴险的妖怪一样蹲在红椅子上。羽贯小姐、明石同学和我都后退了一步，向小津敬礼。

他把手放在操纵杆上，环视着我们，说道：

“师父，各位，一直以来承蒙关照了。不才小津，即使时空相隔，也绝不会忘记你们的恩情的。”

“嗯，多多保重。”

只见樋口师父一脸严肃地点了点头，小津也煞有介事地拉下了操纵杆。

“彼此彼此，就此别过！”

下一个瞬间，眼前的小津变得模糊起来。确切地说，是包含他在内的整个空间都发生了扭曲。紧接着，公寓过道充斥着耀眼的闪光，四周刮起猛烈的旋风。我下意识地护住自己的头，感觉自己受到了莫名其妙的挤压。不一会儿，旋风骤然停歇，周围安静得可怕，唯有风铃还在叮当作响。

我战战兢兢地睁开眼，只见小津和所谓的“时光机”都不见了踪影。

“等等，刚才……是怎么回事？”羽贯小姐问道。

众人面面相觑，谁也回答不上来。

我们找遍了晾衣台、杂物堆、仓库、樋口师父和我的房间、通往一楼的楼梯，甚至厕所，都没有发现小津。归根结底，他也不可能在短时间内带着“时光机”藏起来。

“难道那真的是……”

明石同学嘀咕道，城崎学长却摇了摇头。

“哪会有这种事？”

“既然如此，他去哪儿了呢？”我说道，“这里也没地方可躲啊。”

“准是有什么机关，一切都是小津策划的。”

樋口师父和羽贯小姐并排坐在沙发上，似乎放弃了思考，还说要“顺其自然”。的确，我们也只能这样了。

又过了一会儿，走道上再次充斥着和刚才一样的闪光，伴随着一阵旋风，“时光机”与小津一同出现了。

“哎呀哎呀，”小津将目光一一落在我们身上，“各位，这可不得了了。”

“你去哪里了？”我问道。

“我回到昨天了。”小津回答得轻描淡写，“拉下操纵杆的一瞬间，身边的景色就扭曲起来。等我反应过来时，走廊上早已空空如也，哪儿还有你们的影子？我正纳闷儿呢，就跑到晾衣台上，居然听见房东院子里热闹得很。于是我趴在栏杆上往下看，那边正好在拍电影，就是《幕末软脚蟹列传》。我心想这件事非同小可，便观察了一会儿，这不就回来给你们报信了吗？哎呀，真是一台神奇的机器。”

“你别玩得太过分了！”

也难怪城崎学长要发脾气，这种说法未免太荒唐了。

就在这时，明石同学忽然大叫道：

“学长，那个镜头！”

“镜头？”

“同时存在好几个小津学长的假设！”

我立刻想起刚才看到的诡异画面。明石同学坐在地上打开了电脑，我们也凑到了屏幕跟前。

岩仓具视抱住了河童像，不顶用的新撰组围了上去，然而，位于远处背景中的晾衣台上出现了另一个小津。

“那就是我啊，在镜头前张牙舞爪的岩仓具视是昨天的我，从晾衣台往下看的是今天的我，我没有骗你们吧？”

“这么看来，昨天有两个小津同学？”羽贯小姐问道。

“也就是说……”明石同学欲言又止。我们将目光转向所谓的“时光机”，面对这台在炎炎夏日中突然出现在学生公寓的惊天动地新发明，每个人都屏息凝神。随后，从沙发上缓缓起身的樋口清太郎发出庄严的宣告：

“这是货真价实的时光机。”

○

在英国大作家赫伯特·乔治·威尔斯发表小说《时间机器》至今的百余年间，“时间旅行机器”的概念被无数人一再提及，毕竟人类总是对“时光机”充满了向往。

因为对我们来说，时间既是最根本的奥秘，又是无人能逃脱的普遍规律。每个人的一天都只有二十四小时，就算哭天喊地也无法阻止沙漏的流动，逝去的夏天一去不复返。所以，我们总是梦想着能有一台帮助自己进行穿越的机器。超越时间是人类对自身局限性的反抗、匹敌神明的力量，以及终极的自由。

而那般神奇的道具为何偏偏出现在了这种地方？

羽贯小姐吹了一声口哨。

“小津同学，这下你岂不是成了穿越者？”

根据这位穿越者的表述，穿越是瞬间完成的——他拉下操纵杆，闭起眼睛，再度睁开双眼时就回到了昨天。

明石同学坐在时光机上看着面板，问道：

“小津学长，你刚才回到了昨天的几点？”

“就在我快要推倒河童像之前……”

现在是下午两点半，昨天河童像差不多是在这个时候被推倒的。

“也就是说，你回到了和现在相同的钟点，”明石同学小声说道，“上面确实没有设定具体时刻的旋钮。”

我在她的身旁蹲下，看了看时光机的面板。年份设置的上限是九十九，也就是说，一次操作最多能把我们带回大正时代。在目的地重复同样的操作，就能在当前时代的基础上逐步前往更遥远的过去。穿越到未来的流程也完全一样。我看向身旁的明石同学，只见她兴奋得两眼发光。

“这是刚才那个人做的吗？”

“刚才那个人？”

“就是那个看起来很土气的家伙。”

我回想起之前和我们打招呼的土气男，即使戴着善意的有色眼镜，我也只能认为那个可爱的新生上大学后对自我形象做出的改变正在走向失败。不过俗话说，真人不露相，也许在那副土气的外表下隐藏的是一颗旷世奇才的大脑。

这时，一阵急促的脚步声从过道尽头传来。

我原以为是时光机的主人，没想到紧接着就听见有人大声喊道：“哎呀，大伙儿都在呢。”

朝我们走过来的是城崎学长在电影社团“禊”中的左膀右臂——《幕末软脚蟹列传》的主人公银河进的扮演者相岛学长。

“城崎，你们凑在一起要干什么啊？”

“倒也没有什么特别的目的。”城崎学长不解地问道，“话说你来干什么？”

“昨天我和他说好啦。”相岛学长指着我问道，“你帮我找到眼镜了吗？”

“眼镜？”

“就是我的眼镜啊。”

于是我指出他现在正戴着眼镜，相岛学长不耐烦地说道：“我昨天不是和你解释过了吗？这是拍戏用的，平时戴的那副在这儿弄丢了，你不是答应帮我找的吗？”

谈话又对不上号了，就和片刻之前的感觉差不多。

“你这人，真不靠谱。”

相岛学长发完一通牢骚后视线落在了过道里的时光机上，似乎吃了一惊。

“呀，就是这玩意儿！”

“相岛学长见过它？”

听明石同学这么一问，他快速跑到时光机跟前。

“昨天也是在这儿看见的，我还以为是幻觉呢，果然就是在这里。这是时光机吧？”

“对，就是时光机。”明石同学说道。

“真像那么回事，是谁做的？”

相岛学长还以为是拍电影用的道具，听明石同学解释说是真的，他愣了一下。

“你们不会是在整我吧？”

“不，它真的是时光机。”

“我不喜欢被人整，而且是一群人整我一个。”

我们把刚才小津穿越的经历说给他听，还出示了录像证据，他却眯起了镜片背后的眼睛，发出了冷笑。这也怪不得他，毕竟体验过穿越的是这世上最不值得信任的小津，录像也完全可以进行技术加工。

“要不要再用一次？”明石同学提议道，“这样也可以让相岛学长相信我们。”

“能亲眼见到的话，我会考虑考虑的。”

相岛学长始终摆出一副讥讽的态度。

○

“诸位想去什么时代？”

樋口清太郎问道。

明石同学第一个举起手来。

“要不要去未来看看？比如十年后。”

抢先一步目睹未来世界正是时光机的奇妙吸引力所在，不过那样做也会遇到大问题——谁能保证十年后的未来是我们期望中的样子呢？

羽贯小姐嘀咕道："万一知道自己死了，可真叫人受不了。"

一旦得知那样的未来，当事人肯定会对自己的人生丧失期待，无心学习的结果便是留级和退学。随着倒计时越来越近，为了逃避恐惧，闭门不出、暴饮暴食，任凭自甘堕落的生活和精神压力损害自己的健康，果然在十年后一命呜呼——这种结果可算不上耸人听闻啊。

"未来还是太危险了，明石同学。"

"有道理。"

"知道结局会让人生索然无味，"樋口师父说道，"未来要靠自己去争取。"

第二个方案是小津提出的"去侏罗纪和恐龙耍耍"，可那是一亿五千万年前的时代，而时光机一次只能倒退九十九年，我们必须重复一百五十万次同样的操作才能抵达目的地。就算二十四小时不停运作，所有人也会在距离侏罗纪还很远的时代全军覆没。

第三个方案是我提出的"两年前的春天"，目的是在暗中帮助大一的自己走向玫瑰色的校园生活。不管怎么样，我首先要阻止自己认识小津。可惜小津一眼就识破了我的计划，说要陪着我一起去，让当年的我变得更加颓废。最后，小津和我跨越时空的大战被全票否决了。

定夺穿越的落脚点要比想象中的难得多。

“既然如此就中规中矩一些，去江户时代怎么样？”羽贯小姐说道，“你们不想看看古代的武士吗？”

“可以考虑，只要穿越两次就能到达。”我回答。

“那么诸位，我们索性去幕府末年吧。”樋口师父提议道。

这个主意相当诱人，那可是电影《幕末软脚蟹列传》的时代，兴许在幕府末年的京都街头，我们能碰上如假包换的坂本龙马、西乡隆盛和新撰组呢。要是带上相机，就可以尽情拍摄当初的京都风景，换回千金难买的宝贵镜头。

“我能回去拿设备吗？”

明石同学两眼泛光，城崎学长却在一旁泼冷水。

“你们连一丁点危机感都没有吗？”

“城崎，你在说什么呢？反正你也不会去吧。”

听羽贯小姐这么一说，城崎学长不屑地说道：

“废话，我怎么可能去？退一万步讲，就算这真是一台时光机，也没人保证不会出故障，到时候回不来怎么办？要一辈子留在幕府末年吗？”

“船到桥头自然直。”樋口师父若无其事地说道，“不管在什么时代，人都活得下去。”

的确，像他这种天狗般的人物或许真的能在新撰组和脱藩浪人之间左右逢源，平安度过兵荒马乱的年代。然而，我们这群生存能力低下的“当代青年”能和他一样幸存下来吗？其余人面面相觑，羽贯小姐小声问道：“要不还是算了吧？”

经过一阵沉默后，明石同学开口说道：

“还是选一个近一点的时间吧。”

“先去昨天看看。”我说。

“嗯，就算碰上意外也能自己回来。”

虽然级别下降了很多，但千里之行始于足下嘛。

现在刚过下午两点半，昨天的这个时候我们都还在房东家拍戏，要等到三点半左右才杀青回来，在那之前公寓里应该没有人。四点过后我们去了绿洲澡堂，在旧书市经历了战略撤退的我回到公寓时已是傍晚六点多，然后就是可乐事件了……

我的脑海中灵光乍现。

“哎，我有个好主意！”

昨天这个时候空调遥控器还完好如初，所以我们只要坐时光机回到那时候，把好的遥控器拿来，209号房的空调就又能启动了——这样才算没有浪费时光机的功能。

“原来如此，”樋口师父佩服道，“我还真没想到。”

“真不愧是学长，能想出这种物尽其用的妙计。”明石同学说道。

问题是派谁去才好呢？

我们先尝试集体坐上去，但那样一来就必须保持如杂技那样的高难度姿势，稍有不慎有人便会在穿越的过程中被抛出去。于是，我们打算先派三个人回到昨天，人员选拔通过猜拳决定。

结果，首批探险队由樋口师父、羽贯小姐和小津组成。

明石同学轻声咒骂了自己一句，看着摆出剪刀造型的手指垂头丧气地说道:“我真不是猜拳的料。”

“小津，你已经去过一次了，把机会让给明石同学吧。”我说道。

“恕难从命，身为这世上唯一的穿越者，我可以说是这台机器的驾驶员，乃不可或缺的人才。”

“我们去去就回啦。”羽贯小姐安慰起明石同学来。

“不用担心我，大家一路顺风。”

就这样，第一批探险队成员坐上了时光机。

坐在驾驶席上的小津设置好日期，环视着我们，说道:

“各位，我们先出发了。”

“拿到遥控器就赶紧撤。”我提醒道，“再过半小时，昨天的我们可要回来了。”

“我昨天给你添了不少麻烦，空调的事算我大意失荆州。不过我现在手上有时光机，就算赔上这条命，我也会把遥控器带回来的。请多保重！”

“少废话，快走。”

小津向我们道别后拉下操纵杆，闪光和旋风随即出现，三人乘坐的时光机就此消失了。

我们留在原地，耳畔不断传来风铃的声音。

小津他们就这样回到昨天了，可打从目睹他们消失的一刻起，我心中就涌起一种一言难尽的不安感。

交给他们真的没问题吗？

樋口清太郎、羽贯小姐，还有小津……仔细想想，就会发现这是一个最糟糕的组合。

○

风铃安静后，周围陷入了一片沉寂中。

小津他们和时光机一同消失得无影无踪，眼前依旧是我们熟悉的四叠半公寓，午后炙人的热浪仿佛卷土重来。

“城崎……”

相岛学长颤抖着声音说道。

“这究竟是怎么回事？”

“看来，那真是一台时光机。”

“你在开玩笑吧？我们又不是在科幻片里……”

明石同学对几乎站立不稳的相岛学长说道：

“相岛学长，一会儿要是时光机回来了，你站在那里不会很危险吗？”

相岛学长尖叫了一声，向后跳开。

我们都远离了预想中的时光机返回地，我可不想像恐怖片里那样和小津融合在一起，化身半人半妖的怪物。

真叫人难以置信，樋口师父、羽贯小姐以及小津三人已经从“今天”的世界中消失，前往“昨天”的世界了。这就意味着，在昨天的相同时间，一共存在两组樋口师父、羽贯小姐以及小津。

“感觉怪怪的……”明石同学嘟囔道，“小津学长他们今天坐时光机回到了昨天，可就在昨天我们还没发现时光机的时候，他们已经穿越来了。”

“真叫人想不通。”

“是啊。”

“归根结底，你们说的时光机究竟是怎么回事啊？为什么会出现在这里呢？”相岛学长问道。

“我们怎么可能知道？”我说道。

“不知道？你说你们不知道？”相岛学长忽然大喊大叫起来，“然后就像没事人一样坐上去了？”

“我刚才不就在反对吗？”

一脸不耐烦的城崎学长话音未落……

“不好意思……”

有人从过道尽头向我们打招呼，声音听起来小心翼翼的。

我们停止谈话，同时转过头去，似乎把对方吓了一跳。蘑菇头发型和塞进裤子里的白色短袖下摆——那副土气的造型已经不是初次登场了。

相岛学长亲切地对他说道：

“你怎么还在这儿？”

“你们认识吗？”

明石同学吃惊地问道，却换来了相岛学长不可思议的表情。

“昨天不是你们把他介绍给我的吗？”

“啊？”

“他不是小津的表弟吗？”

我们自然十分诧异，因为小津从没提起过这件事。

“你是利用暑假来参观大学的吧？”

听相岛学长这么一问，土气男害怕地往后退去。

“不是的。”

“什么？”

“没那回事。”

“你这人怎么这样？昨天我们不是聊了好一会儿吗？”

“我从没见过你，也不是什么小津的表弟。”紧接着，土气男又加上一句吊人胃口的话，“我们又不在一个时代。”

不在一个时代——这句话的意思已经很明显了。

“这句话是什么意思？”把相岛学长推到一旁的明石同学问道。

土气男露出了耐人寻味的笑容。

“各位，听了我的话可别被吓着……”话说到一半，土气男就诧异地“咦”了一声，然后冲向过道上的杂物堆，“请问你们在这儿见过一台古怪的机器吗？有一叠榻榻米那么大，上面装着操纵杆和面板……”

“你说的是时光机？”

我问道，那个人听得目瞪口呆。

“你认得它？”

“岂止认得，我们都……”

土气男开心地露出了微笑。

“实不相瞒，我就是坐着它从二十五年后过来的！”

○

“我叫田村。”

土气男彬彬有礼地自报家门，神情举止都带着几分腼腆。也难怪，毕竟他还是一个大一学生，只不过来自二十五年后。而且他也是下鸭幽水庄的租户，和我一样住209号房。没想到，如今就经常被误认为是废墟的公寓过了四分之一个世纪后依然还在，这让我既欢喜又怀疑。

“时光机在你的时代很常见吗？”

田村同学朝我得意地挺起胸膛，说道：

“没有，那是我们自己做的。”

“自己做的？”

“嗯，就靠下鸭幽水庄的租户。”

事情发生在二十五年后的五月。依旧健在的房东召集公寓的全体租户开会，发动大家打扫下鸭幽水庄二楼的仓库。当众人用劳动所得的啤酒干杯时，一名理学院的研究生说起了制造时光机的可能性。那名研究生因为倡导稀奇古怪的理论被赶出了研究室，却仍然坚持时光机的方案是可行的。大伙儿一开始将信将疑，结果越聊越起劲，便决定听他一回。

不惜贡献出宝贵暑假时光的学生们到处搜集零件，在研究生的指挥下齐心协力制造时光机，有的还放弃了回老家的打算。在这过程中，还发生了重色轻友者半途而废、围绕零件产生的经济纠纷、房东催缴房租、连工学院的外国研究生都来助一臂之力等各类事件，不过因为离题太远，就不一一赘述了。

三个月后的八月十二日，众人完成了汗水与泪水的结晶——时光机，选出田村同学作为第一任驾驶员。

“大家都不想第一个吃螃蟹。算了，谁叫我是新生呢。”

“于是，你成了被送上太空的小狗莱卡[1]。”

“没错没错。”

成为人类首位时光机驾驶员的田村同学似乎毫不介意自己被当作小白鼠，准时抵达了二十五年前的八月十二日，也就是今天上午

1 注：苏联太空狗，于1957年11月3日乘坐苏联发射的“人造地球卫星2号”进入太空，是真正意义上由地球进入太空的第一只动物。

十点的这座公寓。

当时的这里鸦雀无声，毕竟公寓里的大伙儿都为空调守灵了一夜，睡得像一摊摊烂泥。

“不管我怎么敲都没人来开门。”田村同学说道，这令我想起睡梦中依稀听到的叩门声。

“真抱歉。”

“我还以为会受到热烈欢迎呢，最后只好自己跑到外面去探险，毕竟我对二十五年前的京都很感兴趣。刚才走了一圈回来，我就碰上各位了。”

“那你之前为什么突然逃走？”

听明石同学这么一问，田村同学苦笑着挠了挠头。

“我看见师父，吓了一跳嘛。”

“你是说樋口师父？”

“我还以为他也坐时光机来了呢，谁让他二十五年后还在下鸭幽水庄……哎呀，不知道该不该剧透。”

“那家伙二十五年后还没搬走？”城崎学长越说越小声，“真是难以置信。”

田村同学告诉我们，四分之一个世纪后的樋口清太郎依旧住在下鸭幽水庄的210号房，有着“四叠半的守护神”“不小心坠落到四叠半的天狗”等诨名，作为公寓资历最老的学生备受敬畏。简而言之，他的形象没有半点变化。

“我还以为樋口师父是留级的学生，没想到会在这个时代看见他，而且师父他自己也从来没提起过。”

“那你也不用跑啊。”

“一时间不知所措嘛，哈哈。”田村同学笑得很爽朗，“我这人很容易一惊一乍。”

“这件事要不要对师父保密呢？”

面对明石同学的问题，我们都陷入了沉思。

即使知道自己还要在这里住上四分之一个世纪，樋口清太郎想必也会摸着下巴坦然接受。话说回来，既然他本人没问，我们也无须多此一举。于是，我们约定好对樋口师父保守这个秘密。

“所以师父现在在哪儿？”田村同学问道。

“他呀，回到昨天了。”我回答。

“我们用了时光机。”明石同学说道，“对不起，我们不知道你是坐着它过来的。”

“原来是这样啊。”

“真抱歉，我们不打声招呼就用了时光机。”

“没关系，别放在心上。”

“可你不抓紧时间回去的话，其他人不会担心吗？”

“放心，那可是时光机呀，把时间调到出发之后没多久就行了。在他们看来，不过是一眨眼的工夫。”

“你的时光机可以设置小时吗？”我问道，心想自己没有见过那种旋钮。

“不可以吗？”田村同学似乎大吃一惊。

“只能调年月日吧。”

“糟糕，我都没注意。”田村同学愣了愣，又打起精神说道，“真要是那样，我也只能认了。”

“你倒是没心没肺。”

“我这人是有点没心没肺，不过别人不一定看得出来。”田村同学哈哈一笑，“反正我就在这儿等着吧。”

说着，土气的未来客坐到了沙发上。

○

我们都陷入了沉默，耳畔只留下来自远处的蝉鸣声。

不一会儿，田村同学嘀咕了一声“好热”，然后用一条蔓草纹的手绢擦了擦汗。我越发觉得他缺少未来感，其他人似乎也都这么认为，相岛学长更是毫不掩饰自己的怀疑：

“你这人看起来挺土气的。”

“是吗？”

“一点儿都不像来自未来的人。”

“可我是童叟无欺的真货啊。”

不光是打扮，连措辞都老掉牙。

面对这个没有半点未来气质的未来客，我想象着二十五年后的世界。那时的我经历着怎样的人生呢？要是还在世上，我应该都快五十岁了，想必已娶妻生子，凭借丰富的人生经验大显身手，成为对社会有用的人才。先不提这个了，问题在于，眼前的四叠半公寓生活让我实在难以看见那样的未来。不用说，这一切的罪魁祸首正是小津。

“未来的京都是什么样的？”明石同学问道。

“这个嘛……”田村同学出神地说道，“没什么变化，下鸭神社开着旧书市，鸭川和比叡山也都是老样子。快举行五山送火会了吧？我们那个时代也一样。”

“毕竟是京都嘛。”我说。

“对了，有个地方还是让我挺感动的。高野川对岸有个叫绿洲的澡堂吧？在我们的那个时代，那里是一家便利店。刚才去探险的时候有机会亲眼见到那个澡堂，确实让我很开心，估计爸爸从前也经常去那里。”

“你父亲也在京都待过吗？”

“是啊，”田村同学向前探出身来，“而且正好就在这个时代！”

据说田村同学入住下鸭幽水庄也是父亲在他办理入学手续那天擅自决定的，毕竟又过了四分之一个世纪，可想而知，公寓会越发像一座破烂不堪的废墟。面对在大门口踌躇不前的儿子，田村爸爸只说了一句话：

“狮子会把自己的孩子推入四叠半。”

我只能说，他的父亲很有魄力。

我回想着门口储物柜的姓名，却不记得有人叫田村。

“说不定他住在别的公寓。”田村同学说，“总之现在是二十五年前，我父母应该都在附近出没。”

“等一等，”明石同学问道，“你母亲也在这儿？”

“听说我父母是在上学的时候认识的，不过他们经常信口开河，所以我也不知道是真是假。我坐时光机来这个时代，就是为了弄清他们相遇的真相。”

“有意思，我也来帮忙找你父母吧。”我说道。

然而，城崎学长又给我们浇了一盆冷水：

“打住……他父母看见儿子傻里傻气的，要是不想生孩子了怎么办？”

“你这人说话也太过分了！”就连田村同学都不高兴了，“他们可是我的父母，才不会那样想。”

“不是啊，你这时候还没出生呢。你父母都只是大学生，一点心理准备也没有。作为穿越者，你好歹要有点警惕性啊，万一画蛇添足，搞得他们一拍两散，你这人可能就不存在了。”

“我为什么会不存在？”

“未来会随着现在改变，这不是理所当然的吗？等等……”

城崎学长好像突然变得很紧张，出神地望着空中。看到他那副表情，我心中的不祥预感也越来越强烈了。

明石同学恍然大悟地说道：

“遥控器！”

没错，那就是不祥预感的来源。

小津他们坐着时光机回到昨天，万一三人拿到了还没坏的遥控器，时间的走向就会发生变化，可乐泼到遥控器上导致的结果——也就是“今天”将不复存在，连同生活在今天的我们也……

“现在在这里的我们都会消失。”我说道。

“说得轻巧！”城崎学长一把抓住我的衣领，“是你出的主意吧？你要怎么负责！”

“我能怎么办？”

“不对，可能不止我们会消失。”城崎学长一把将我推开，自言自语般说出了恐怖的结论，“假如小津他们把遥控器带回来，虽然不知道会对时间的走向造成什么具体的影响，但不管发生任何事情都不足为奇。比如说，拿走遥控器这件小事造成的连锁反应会让昨天的小津死于意外。既然他昨天就死了，今天又怎么可能坐着时光机返回昨天呢？这岂不是严重的自相矛盾？小津不回去昨天的话，昨天的他也就不会死于非命了。”

明石同学皱着眉说道：

“确实解释不通，也违背了宇宙的法则。”

我总算明白城崎学长在说什么了。

○

来回想一下电影《幕末软脚蟹列传》吧。

从二十一世纪的四叠半公寓穿越回幕府末年的大学生银河进改写了历史，导致宇宙毁灭。

这个情节看似无厘头，其实蕴含着经过我们探讨的逻辑结论。

假设银河进阻止了明治维新，也就不可能因为实验事故穿越时空，那“银河进阻止了明治维新”的前提便会被推翻。类似的矛盾也反证了“时光机不可能实现”这一符合常理的结论，然而整部电影的基础是建立在“时光机可能实现”的前提上的，否则故事根本说不通。

那么，我们应该如何解决时光机造成的矛盾呢？关于这一点，明石同学和我发生了激烈的争辩，过程不再详述，只说我们得出的结论：

（1）时光机的确存在。

（2）但是，时光机会产生根本上的矛盾。

（3）所以，包含时光机的整个宇宙就是一个错误。

在《幕末软脚蟹列传》中，全宇宙毁灭的悲剧性结尾就是以此推理出来的，尽管在逻辑上站得住脚，却很难说是一个成功的电影结局。正因为如此，我才反复向明石同学确认。

如今，我们面临的状况与电影惊人地相似。

明治维新和空调遥控器确实不是同一级别的问题，但它们同样都能制造严重的矛盾。

这就意味着，此刻整个宇宙都陷入毁灭的危机之中。

○

城崎学长看上去面无血色。

“我都让你们不要胡来了！”

“各位，怎么还较起真儿来了？”相岛学长说道，“时光机根本就是骗人的吧？”

“够了，你给我闭嘴！”

被城崎学长这么一凶，相岛学长不敢吭声了。

“这是要出大事啊。”田村同学漫不经心地说道，让人听着就觉得窝火。

“你怎么还像一个没事人一样？”

听到我的指责，田村同学茫然地回答道：“因为我不是这个时代的人啊。”

他根本没有意识到自己是制造时空危机的元凶，真是不讲“时空连续体之德”。

“我是来这个时代参观的，是你们不经过我的同意就用了时光机，难道还怪我不成？”

这话说得我哑口无言。

明明和明石同学讨论了那么多，面对货真价实的时光机，我居然一点危机意识都没有，这还不叫利欲熏心吗？为了区区空调遥控器，我就将整个宇宙逼到了毁灭的边缘，不讲“时空连续体之德”的人是我才对。

“还没到放弃希望的时候。”明石同学冷静地说道，“等小津学长他们带回遥控器，我们就马上把它送回原处。可乐是在大家从澡堂回来之后打翻的吧？那应该过了晚上六点。只要在那之前神不知鬼不觉地放回去，一切就完好如初了。”

然而，小津他们迟迟不归，时间一分一秒地过去了。

在坐以待毙般的沉默中，我感觉周围的现实脆弱得像一层玻璃，公寓里的闷热、风铃的响声以及远方的蝉鸣都变得越来越不真实。

我看了一眼明石同学，只见她挺直了腰，心无旁骛地盯着时光机预计回归的地点，脸上依旧没有一丝汗水。万一整个宇宙都毁灭了，这弥足珍贵的人儿也将不复存在。

我不假思索地喊了一声“明石同学”，她刚要回头，身边就响起一阵惊雷般的轰鸣声。

我们以为是小津他们回来了，正打算跑向时光机时，却吃惊地面面相觑。原来，回归的时光机上空无一人。

“怎么回事？”明石同学疑惑地问道，“难道是在那边遭遇了什么变故？”

我看了看座位，发觉上面贴着一张字条，笔迹歪歪扭扭，活像天狗的道歉信：

诸位都来玩吧。

樋口清太郎

第二章

八月十一日

去年晚秋，我做了一个奇怪的梦。

那时的我被京福电铁研究会的内讧伤得很深，把自己关在四叠半房间中不问世事。

梦的内容是这样的：

我从漫长慵懒的睡梦中醒来，在从不收拾的床铺上坐起身。一如既往的天花板、一成不变的房间、雷打不动的寂静，可我有种难以言表的不安。想去上公共厕所的我打开门，眼前却不见过道，只剩下仿佛倒映在镜中的四叠半房间。那个房间的窗外又是另一个一模一样的房间，反反复复，无穷无尽。不知不觉间，我被关在了诡异的四叠半世界里。

那个梦看似荒诞不经，却显得格外真实，在今年暑假不断被我想起。

也许是我将如今虚度的每一天都当作梦里出现的无数四叠半房间吧——和昨天一样的今天，和今天一样的明天……看上去原封不动的四叠半房间组成绵延不绝的行列，一直排列到时空的尽头。既然昨天、今天、明天都毫无分别，这个夏天又如何迎来终结呢？

我永远迷失在了夏日的光景中……

○

当我和明石同学乘坐时光机回到“昨天”的那一刻，仅凭视觉还无法判断自己是否真的抵达了目的地。蒸笼般的午后酷暑、堆满过道的杂物、风铃摇曳发出的声音……如此景致一致的穿越恐怕独此一家了。

不过，樋口师父居住的210号房门上还贴着“前往房东家拍电影”的通知。他没有电话，每次出门都会将外出缘由贴在门上，以消解前来探访的弟子和朋友们的疑惑。这么看来，《幕末软脚蟹列传》此刻正在房东家拍摄。

“明石同学，我们好像真的回到昨天了。”

说着，我回过头去，却看到明石同学瘫坐在地上。

“对不起，我有点晕……”她说道。

乘坐时光机的体验确实不算舒适，穿越时空的瞬间让人头晕目眩，仿佛五脏六腑都被翻动的感觉糟糕透了。不过，既然我安然无恙，就说明明石同学的体质很不适合穿越。

明石同学拉住我的手站起身，倒在过道的沙发上。

“学长……快去找遥控器……”

刚才——确切地说是“明天”，一台空空如也的时光机回到原地，面对整个宇宙即将毁灭的危机，我们别无选择，只有乘坐时光机回到“昨天”，保证空调遥控器顺利毁坏，再迅速把小津他们带回来。

城崎学长只知道催促我们想办法，自己却不肯同行，相岛学长又是一副不屑的样子。我郑重地拒绝了毛遂自荐的田村同学，以免让情况变得越发复杂。

如今，明石同学和我的肩头担负着整个宇宙的命运。

此时下午三点已过，《幕末软脚蟹列传》即将杀青，摄制组也快要返回公寓了。

“到底在哪儿？到底在哪儿？”

我在自己房间和过道上找了一圈，都没看见遥控器。只剩下一种可能，那就是它落到了小津的手中。

“我们得去找找。”明石同学说道。

“不，你还是休息一会儿。”

“那怎么行？大家就快回来了……”

她刚要起身，又被一阵恶心的感觉弄得眼泪汪汪。

我把时光机搬到晾衣台上，再拿晒在那里的床单盖住。就在我进行伪装工作的时候，从房东家传来了学生们的喧闹声，应该是电影社团那帮人在收工。

我刚回到过道，就看见一个打扮成西乡隆盛模样的演员从另一头走了过来。那个人狐疑地问：

“咦，你们已经回来了？”

他正是昨天的城崎学长。

明石同学从沙发上缓缓地站起身。我们一想到自己的举手投足会对时间的走向造成影响，甚至给宇宙带来威胁，就都不敢乱说话，只好保持沉默。

城崎学长越发起疑了。

“你们看起来怪怪的。”

“一点儿都不奇怪，我们正常得很。”我回答道。

“好吧。”

大概是想赶紧脱掉那身闷热的戏服，城崎学长摇摇头走进了209号房。可是大汗淋漓的假西乡隆盛刚一踏进门就大吃了一惊，大喊道：“怎么回事？给我遥控器！”

“遥控器不就在那儿吗？”

“没有啊。”

“你在说什么呢？怎么可能没有？”

“我说没有就是没有，你们要我一边蒸桑拿一边换衣服吗？快给我遥控器！”

城崎学长不耐烦地从和服里抽出毛巾，对我不依不饶，真是飞扬跋扈。然而，这里的确没有遥控器。在我的百般搪塞下，对方起了疑心。

“你们在这儿干吗？拍摄的善后工作还没做完吧？”

“我们有点事要办，一会儿就回去。”

“还有，你们是什么时候换衣服的？”

“我们没换衣服啊。”

“不对，你们换了。”

“你记错了，肯定是你拍戏太辛苦了。”

“我绝不会搞错，你们换过衣服了。”

明石同学突然站起身，说道：“你是不是管得太宽了？”

她的脸上终于恢复了血色，声音中夹杂着怒气。

“愿意待在这儿还是别处、有没有换过衣服，这些都是我的自由，凭什么要一一向你汇报？就算你是社团的学长，也无权监视我个人的行动。这是在侵犯隐私，我要坚决抗议。”

“等……等……等一下！”

城崎学长暴露了他纸老虎的本质。

“你误会了，明石同学，我无意侵犯你的隐私。”

“那就请你别再管我们了。”

“我只是想拿到空调遥控器。”

“刚才就说过了，遥控器明明在的。”

“不……可是……所以……嗯。”

城崎学长像泄了气的皮球一样，不吭声了。

“辛苦了。”

这时，昨天的相岛学长边走过来边打招呼。他看了看明石同学和我的表情，忽然“咦”了一声：

“你们是什么时候回来的？还没收工吧？”

再磨蹭下去，昨天的我们就要回来了，如今恐怕只能拨开眼前的两人强行突围了。我在心中打定了主意，过道上却突然响起“耶——”的一声欢呼，像是来自某位传奇摇滚巨星。

我们都惊讶地回过头去，只见羽贯小姐气势十足地站在面前，高举双手说道：

“时光机真是太棒了。”

○

羽贯小姐毫不在意面无血色的我和明石同学，迈着舞步朝我们走来，仿佛伴随着时空连续体的龟裂声。

“你们大家都来啦？”

“羽贯，你好像很兴奋啊。”

“喂，城崎，真不敢相信你还在装高冷。你已经尝过那种滋味了吧？那可是难能可贵的体验！”

“什么滋味？”

“真是不干不脆，你就不能老老实实地感动一下吗？”

我这才意识到，羽贯小姐闹了一个致命的误会。

她坐上时光机的时候，周围有城崎学长、相岛学长、明石同学和我，就和眼前的人员组成一模一样。于是，羽贯小姐想当然地以为我们所有人都是从明天坐时光机过来的。

“羽贯小姐，你喝多了。”我说道。

“哪有？我清醒得很。”

“喝醉了的人都这么说。”

明石同学也跑过来向她使眼色。

“羽贯小姐，我带你去醒醒酒。”

“都说了我很清……”

“你醉了，烂醉如泥，跟我来。”

我们俩生拉硬拽着羽贯小姐往外走，哭笑不得的城崎学长在身后吐槽了一句“莫名其妙”。

不过，也是因为半路杀出了天不怕地不怕的羽贯小姐，我们才得以度过危机，算是塞翁失马。

来到楼梯口，羽贯小姐甩开我们的胳膊，问道：“搞什么啊？”

“你还好意思说？”我反问道，“你差点儿毁了宇宙！”

“我怎么听不懂？”

“刚才那两个人是昨天的学长。”

“咦，真的吗？不是坐时光机来的？”

“只有我和明石同学是坐着时光机追你们来的，你看不出城崎学长还没脱掉西乡隆盛的行头吗？”

“原来如此，抱歉抱歉。”

“请慎重行事啊！”

“你也不用冲我发火吧？”

“一不小心就会毁了宇宙。”

“你刚才也这么说，但我真的没听懂。”

我没工夫和她详细解释，就先问了小津等人的所在。

“他们说要在绿洲澡堂蹲点，”羽贯小姐回答道，“为了逮住昨天偷樋口洗发水的人，也真是够蠢的。”

“他们要毁灭宇宙吗？”

“去把他们带回来。”明石同学率先走下楼梯，又在转角处上停了下来，“不好。”

原来是摄制组回来了，一楼大门口一下子变得热闹起来。我们又转身上楼，钻进一旁的公共厕所里，在门后屏息凝神。楼梯上传来大部队的脚步声，其中夹杂着明石同学昨天和我的对话：

“学长，你们要去绿洲吗？”

“嗯，明石同学你呢？”

“我收拾完后就去旧书市看看。”

那的确是我们在拍完电影后的交谈。看起来像错觉，实际上却是货真价实的重现。

明石同学把耳朵贴在门上，小声地说道：

“原来我的声音是这样的，好奇怪。”

“我不觉得。”

“不，就是奇怪。”

她的语气听上去有些难为情。

冷不防地，有人似乎打算走进厕所。

我立刻握紧把手，用力顶住门。

“进不了厕所了？”门外的小津说道，接着是一阵踢踢踏踏的脚步声。

“你把门弄坏了？”樋口师父问道。

“没有的事！”小津回答道。

樋口师父和小津试图合力打开厕所的门，我们三人只能一起拼命堵住。

过了一会儿，他们俩总算放弃了。

“算了，去澡堂那里再上吧。”

“阁下顶着个白脸就去澡堂？”

“够恶心的吧？连我自己都佩服这股子恶心劲儿，在电浴槽里浑身发抖的样子就是恶心加恶心，你说呢？”

“确实恶心到家。”

“那我们赶紧走吧，师父。”

“先别急，等我去拿沙宣。”

两人进行完这番空洞无味的对话后，就走远了。

我把门开出一条缝，确认附近没人，便提议离开。

在下楼前的瞬间，我看了一眼过道。拥挤的人群和车站月台有得一拼，而昨天的我就在不远处靠墙而立。和自己近距离接触真是一幕诡异又新奇的画面，假如和昨天的自己打招呼，会发生什么呢？我像着了魔似的，无法移开目光。就在这时，昨天的我也向这边转过头来，逼得我赶紧躲到一旁。

楼梯平台上的明石同学转身压低声音说道：

“学长，快点！”

于是，我急忙走下了楼梯。

○

下午四点不到，我们走出公寓，来到炎热的居民区。西斜的太阳在脚旁落下浓密的阴影，行道树上传来阵阵蝉鸣。

看起来像是错觉，实际上却是货真价实的重现。

“原来是这么回事。”

明石同学脚步飞快，恍然大悟般地点了点头。

“昨天收工完回到公寓，我就觉得城崎学长他们不太对劲，总是用古怪的眼神看我，还战战兢兢的。这下我总算明白了，原来他们是在公寓里遇见了未来的我。”

“你的意思是，一切都说得通？”

“我想是的。”

可我总感觉心里有块石头放不下，因为我觉得羽贯小姐刚才的鲁莽冒险让这一切雪上加霜。

在赶往澡堂的路上，羽贯小姐告诉我们，一小时前乘坐时光机来到这里以后，她就和樋口师父、小津分道扬镳，偷偷跑去《幕末软脚蟹列传》的拍摄现场。

“在这种时候，时光机就很方便了。”羽贯小姐说道。

我的脑海中如走马灯一般闪过昨天戏快拍完时来现场制造欢声笑语的羽贯小姐的样子，她躲在摄影机后对樋口师父的演技说三道四，还帮小津补他脸上的白妆，又为精疲力竭的摄制组人员派发温温的乳酸菌饮料。羽贯小姐还和我打招呼，说什么辛苦了。虽然现在解释起来轻描淡写，但真相异常惊人——那是来自未来的羽贯小姐啊!

“可这样一来，事情都解释得通了，昨天我确实去了拍摄现场。”

她的话没有错，但这样就真的没问题了吗?

从下鸭泉川町来到御荫街，再向东跨过高野川，很快就能抵达绿洲澡堂。无论印着大大的“汤”字门帘，还是店主人所在的老式前台，抑或是摆着一排大号衣物篮的换衣处，都让这里堪称是标准意义上的澡堂。

宛如这段鹦鹉学舌的文字，我们面前的澡堂也只是同一场景的重现罢了。过不了多久，城崎学长、樋口师父、小津和我就会来到这里，我们必须赶在事情发生前带回未来的樋口师父和小津。

我刚要去掀门帘，又停下来问道：

“羽贯小姐，你昨天来过绿洲澡堂吧？”

羽贯小姐不耐烦地说道：

“怎么又提这事？我不是告诉过你没来吗？”

那可就蹊跷了。我昨天的的确确在绿洲澡堂听见过羽贯小姐的声音，她不是还从女澡堂喊了樋口师父和城崎学长的名字吗？

难道说，那也是未来的羽贯小姐？

要真是如此，那可就不太好办了。因为我们不仅要带回樋口师父和小津，还得让羽贯小姐进澡堂和随后才来的昨天的我们打招呼。这么做唯一的理由，就是还原昨天的情景。

不出所料，羽贯小姐冲我皱了皱眉，说：

“不要，太麻烦了。”

“你昨天不是在女澡堂吗？”

“没有就是没有，你要我说几遍啊，讨厌！”

正因为她昨天没来，今天才非进不可，不然就还原不了当时的状况。我拼命解释着用时光机改变未来的危险性，还说稍不留神不光是羽贯小姐和我，就连整个宇宙都会彻底消灭，而宇宙的命运就取决于羽贯小姐此刻愿不愿意进女澡堂。我话说到一半，明石同学也拔刀相助，这才让羽贯小姐将信将疑地勉强答应。

我将昨天的对话告诉了羽贯小姐，还是有点担心她能否忠实地还原。

明石同学说道：“都记下了，我也一起进去吧。”

“拜托了，明石同学。”

“请放心。”

明石同学朝我点了点头，于是，我们三人都穿过了绿洲澡堂的门帘。

○

前台面善的老爷爷依旧在打盹，这是澡堂的常态，和无人收费差不多。

我将洗澡钱放在柜台上，打量了一圈换衣间。自从搬进下鸭幽水庄后，我已经见过这个场景无数次——木架子上的衣物篮、装着咖啡牛奶和青汁的冰箱、嘎吱作响的电风扇，以及不靠谱的体重计。

我冲换衣间阴森的角落喊道：

“小津，你躲在那里干什么呢？”

只见滑瓢怪坐在按摩椅上，翻着白眼发出古怪的咯咯声。那台按摩椅会让用过的人立刻身体不适，堪称病态杰作，和“杀人电浴槽”“农学博士的变态青汁”一起并称为绿洲三大酷刑。偌大的左京区，恐怕也只有人类阴暗面的象征者小津愿意主动尝试这些如自虐般的折磨了。

小津一看见我就兴奋地起身说道：

“欢迎回到昨天，乘坐时光机的体验如何？”

“少废话，空调遥控器呢？”

“别担心，我保管得可好呢。”

小津从裤兜里掏出遥控器，恭恭敬敬地递给了我。

我接过遥控器，在感到欣慰的同时又泛起沉重的悲哀。它本是我打开光辉的未来之门的魔杖，我却不得不亲手送它上西天，这难道不是一场悲剧吗？

“遥控器哪里来的就回哪里去。”

“为什么啊？我好不容易才拿到手的。”

“滥用时光机会让宇宙濒临毁灭，你们也别瞎折腾了，给我乖乖回去明天。樋口师父现在在哪儿？”

“他早就在澡堂里蹲点了。”

我穿过换衣间，打开玻璃门，借着天窗上洒下的夕阳，看见樋口师父就泡在右手边的大浴缸里。

“你也来啦。”

他缓缓地举起手向我打招呼。那副悠闲自得的样子哪有半点蹲守的紧迫感？

我让樋口师父快点出来，他却一个劲儿地摇头拒绝。

“敬酒不吃吃罚酒，小津，快来帮忙。”

然而我刚回过头去，就差点惊叫出声。

“喂，你脱衣服干吗！”

“当然是泡澡啦。”

“你听不懂我说的话吗？”

“我们这就要逮到偷师父洗发水的贼了，时光机可得拿来好好利用，不是吗？”

说着，他推开了我，走进了澡堂。

不管是樋口师父还是小津，都像和宇宙有仇似的。换衣间的挂钟显示的时间是下午四点十五分，再过不到五分钟，昨天的我们就要来了。无可奈何的我只好把零钱放到柜台上，抓起毛巾，脱了衣服进入澡堂。

我扫视了周围一圈，没有发现除我们之外的人。奇怪，昨天我们来绿洲澡堂的时候旁边应该还有三个客人的。他们的头上都紧紧地裹着毛巾，靠在浴缸里不停洗着身体。那种说不出的诡异感让我印象深刻。然而，此刻这里只有我们三人。

我从浴缸里拽出樋口师父和小津。

“把毛巾裹在头上，快！”

只要我们齐刷刷地坐在靠墙的淋浴喷头下面，就正好成了昨天的三位怪客。原来昨天我在澡堂见到的，就是自己一行人。

“别被昨天的我们识破了，一旦穿帮，宇宙就要毁灭了。”

“可我们还要抓住洗发水小偷。”

“就是，坏人必须得到应有的惩罚。”

“樋口师父，不就是一瓶洗发水吗？我买给你还不行吗？”

“话可不是这么说的，事关正义啊，阁下。”

玻璃门后传来说话声，我回头望去，看到昨天的城崎学长在前台付钱，昨天的我和其他人也跟着进来了。

“那帮家伙来了。”我说道。

○

昨天的我们坐在浴缸里发呆。

小津唱着古怪的数数歌。

“《幕末软脚蟹列传》会是一部有趣的电影。”我说道。

“怎么可能？”城崎学长嘟囔道。

“城崎学长，你有什么不满吗？”

“废话，我才不会认可那种无聊电影。”

“明石同学倒是很满意啊。”

“所谓电影，就是面向社会发出的呐喊，必须认真对待。说到底，这部片子的剧本本就一塌糊涂，打算把它拍出来的想法本身就是对社会的轻视，我觉得她是在浪费自己的才华。”

“反正只是业余电影啦。”

“就是因为有你这种人，文化才会倒退。”

“不管怎么说，我的演技还是很精彩的。”樋口师父突然自吹自擂，“日本的黎明！”

我们靠在墙上默默地洗着身体，偷听着浴缸里的这番对话。面对这群优哉游哉的家伙，我甚至有些恼火。万一宇宙毁灭了，还谈哪门子文化倒退和日本的黎明啊？

“沙宣还在澡盆里。”

坐在我左边的樋口师父一边搓澡，一边注意着身后的动向。明明宇宙都快完蛋了，他还一心惦记着偷洗发水的人。

“樋口师父，别整那些多余的，算我求你了。”

“错过这么好的机会，还要时光机作甚？”

男澡堂里同时存在着两个樋口师父、两个小津和两个我，还都一丝不挂的，万一暴露了这丑陋的双重三人组，我们的宇宙就没有明天了。而隔壁的女澡堂里，羽贯小姐和明石同学正准备着让时空恢复原样。前台的老爷爷恐怕做梦都没想到，事关宇宙存亡的较量就在他的澡堂里上演。

叫人胆战心惊的一幕发生了——没过多久，昨天的樋口师父就爬出浴缸，在今天的樋口师父身旁坐下，开始搓澡。

不仅如此，两人之间还交换着一堆废话：

“夏天泡澡堂真舒服啊。”

“完全同意。”

“不过冬天泡澡堂也很棒。”

“是啊，这一点我也完全同意，英雄所见略同。”

我在目睹宇宙扭曲的恐惧中战栗着，拼命捅着今天的樋口师父的肚子，后者却毫不在意。两个樋口师父一副臭味相投的样子，居然还握起手来。

昨天的樋口师父把沙宣递给对方。

“这瓶洗发水不错哟，你用用看。”

“哎呀，恭敬不如从命。”

今天的樋口师父含情脉脉地看着手中的洗发水，昨天的樋口师父低下头，轻轻地抚摸着毛茸茸的小腿，让我感觉一颗心都快跳出嗓子眼了。

这时，从女澡堂传来一阵娇滴滴的声音：

“樋口、城崎！”

“咦，是羽贯？”昨天的樋口师父抬头望着屋顶，“什么风把你吹来了？”

“我偶尔也来一回澡堂。”羽贯小姐不紧不慢地说道，“感觉这样也不错，怪优雅的。”

我还没来得及为羽贯小姐出色的演技感到安心，就发现今天的樋口师父因为看见昨天的樋口师父在洗头，也摘掉头上的毛巾依样画葫芦起来。假如用淋浴喷头冲掉他们头上的泡泡，两人本是一人的事实便一目了然了。

昨天的我站起身，打算离开澡堂。

“我有点事，先回去了。”

耳畔传来我自己的声音，昨天的小津在电浴槽里痉挛着说道：

“这么急？可以再放松一会儿嘛。”

我右边的小津对我耳语道：

“昨天我就想不通你为什么要急着走。”

“没什么，有点事而已。”

“哼哼。”

“现在是紧要关头，你给我闭嘴！”

“是为了女人吧？”

我吃惊地看向小津，只见他嘀咕了一声“被我猜中了”后便站起身来，看得我心里直发怵。

“原来如此，那我可得跟踪昨天的你。”

“别！”

我伸手去抓小津，他却像一条泥鳅一般钻进了换衣间。

我很想立刻追上去，却又担心樋口师父暴露身份，况且昨天的我也在换衣间里穿衣服。

我拿淋浴喷头冲了冲樋口师父的脑袋，又给他裹上毛巾，看见昨天的自己急匆匆地走出了澡堂。于是，我也拉住樋口师父的胳膊，带着他穿过澡堂。可惜还是慢了一步，我一进换衣间就发现小津蹿出了大门。我永远无法忘记他穿过门帘时回头露出的恶魔般的微笑。

就在我懊恼不已的时候，樋口师父对我说：

“阁下好像很烦躁啊。”

“这要怪谁啊？”

“别生气嘛，我会乖乖撤退的。”樋口师父得意扬扬地朝我晃了晃沙宣，“趁着还没被偷就先偷回来，可以还原昨天的场景了吧？”

他的话是没错，可这样真的没问题吗？

樋口师父的沙宣在澡堂被人偷了，所以他才乘坐时光机来这里。可是，窃取沙宣的小偷其实是乘坐时光机过来的樋口师父本人。是他偷了自己的东西，又因为被自己偷了东西再偷回去。面对跨越时空的左右互搏，我该如何是好？

樋口师父不顾在一旁发呆的我，不慌不忙地穿起衣服来。

面对这番荒诞的逻辑，哭笑不得的我望着天花板长叹了一声，嘟囔道："就这样吧。"

的确就像樋口师父说的那样，如此一来，场景就还原了，我也没必要吹毛求疵。哪怕再荒诞，只要一切恢复如初就好，我决定今后不再为这件事伤脑筋。

我三下五除二地穿上衣服，走到前台。桌上的零钱堆成了小山，后面的老爷爷依旧睡得很安详。

"明石同学，你在那里吗？"

明石同学从屏风后探出脑袋。

"一切顺利？"

"嗯。"

"是谁偷了洗发水？"

"待会再告诉你，先解决要紧事。"

说着，我把空调遥控器交到她手里。

"遥控器果然在小津手里，你把它放回原位吧。"

“学长不回去吗？”

“我去逮住小津，你先回公寓，把樋口师父和羽贯小姐送去未来。让他们留在这儿太危险了。”

明石同学点了点头，又有些不解地问道：

“可是，小津学长会去哪儿呢？”

“我心里有数。”

○

走出澡堂，迎接我的是八月漫长的黄昏。

“糟糕，糟糕，糟糕！”

我自言自语着沿御荫街向西走去。

回忆一下昨天发生的事吧。离开澡堂的我在返回下鸭幽水庄的路上看见明石同学去逛旧书市，想当然地以为逮住了千载难逢的好机会，为了约对方去五山送火会而尾随其后，最后又光荣撤退。

为了跟踪昨天的我，小津离开了绿洲澡堂。于是，八月十一日下午四点半，我就跟在跟踪尾随明石同学的我的小津后面。

我必须追上他，要不然就会让他撞见我因为没胆量约明石同学而垂头丧气撤出旧书市的英姿。

光是这份耻辱就一言难尽了，更要命的是，小津目睹了如此滑稽的场面后绝不会善罢甘休。他曾大言不惭地宣称自己可以就着别人的不幸吃下三碗饭，又怎会甘心默默地注视着这一切呢？毫无疑问，幸灾乐祸的小津准会忘乎所以地摧毁时空的秩序。

创造不足，破坏有余——这才是小津的信条。

○

我是在一个名叫京福电铁研究会的学校社团里认识小津的。

光从名字判断好像是一群铁路迷，但我们的方向又和一般的铁路爱好者社团不同。这是因为，我们其实是一个以“京都和福井之间曾有过一条京福电铁”的假说为基础建立的幻想铁路社团。根据社团内部的传闻，岚电、叡电、福井的京福这三条线路曾经构成了名为“鲭街道线”的宏伟铁路，而且这座城市的街头巷尾还遍布着它留下的遗迹。

这些纯粹是胡说八道，诸位读者千万不要信以为真。

我们社团的主要活动就是沿着根本不存在的鲭街道线“废墟”寻找当年的“遗迹”，成员们各个长着一双火眼金睛，不论是在城里还是在森林中，所到之处总能发现遗迹。每次用心调查半天后，我们就会聚在经常去的酒馆开总结会。当天“看起来最有收获”的人可以喝到其他人请的一杯啤酒。想当年，我也曾因为找到从福井向京都运送海产的“鲭鱼列车”的车库而得此殊荣。

简而言之，京福电铁研究会是一种根据幻想传说勾勒架空铁路的极为理性和成熟的游戏。

那年的五月中旬，我们刚收了两名充满好奇心的新生，又在绿意盎然的鞍马山完成了调查活动，在出町柳附近的酒馆开欢迎会。我们请“看起来最有收获”的人喝完酒后，新生也做了自我介绍。这时小津发言道：

“诸位，今年我们来点挑战吧，把社团活动编成同人志，在学校文化节上卖。”

他的想法是，让世人了解鲭街道线的美好。

当时，也有人对这个方案表达了担忧，理由是鲭街道线是我们各自想象的“心中的铁路”，条条不同，却各具优点。然而，一旦编辑成册，我们就不得不对它们进行一定程度的客观归纳，令各自的梦想暴露出相互冲突的地方，势必会破坏研究会自由的风气。

如今想来，那个人的意见可算说到点子上了。从当年春天开始，京福电铁研究会的气氛便一落千丈。

不用说，这一切的原因正是小津提议的同人志。这本小册子在成员脑海中逐渐树立起符合“现实性”“合理性”“预算性”的鲭街道线形象，但也埋下了争端的火种。我们明明曾经都如绅士般尊重彼此的幻想，却逐渐开始对同伴的观点吹毛求疵起来，理由无非是不够现实、不够合理、预算太高。

祇园祭前后，来下鸭幽水庄玩的小津对我说道：

“好像有点不对劲了，真不知道大伙儿是怎么搞的。”

“这都是你惹的祸吧？你可别推卸责任啊。”

“我也是出于一片好意才提议的呀。”小津轻描淡写地说道，“是人嘛，都会有这种阶段。”

可是就算放了暑假，成员之间的对立依旧不见缓解，同人志的内容自然也定不下来。我提议索性放弃出版计划，然而我的建议如同石沉大海，想必是因为其他人早已骑虎难下了吧。我想尽量从中调停，反倒被扣上了“不讲原则”的帽子。

谁想得到，如此指责我的排头兵居然就是那位曾经担心研究会会丧失自由风气的同学。不知不觉间，他已化身成了一台时时刻刻都在对周围人恶言相向的牢骚机器。初秋时节，几乎是被忍无可忍的众人赶出去的他又自立门户，将之命名为“京福电铁研究会福井派”。即使如此，我们的内讧也并未偃旗息鼓，剩余成员又分裂为“岚电派”和“叡电派”，继续激烈斗争，学校文化节之类的话题早就被抛到了九霄云外。

等众人分别独立成“岚电研究会”和“叡电研究会”后，唯独我和小津无人收留。不过，此时的我早已对内讧深恶痛绝，切断了和其他成员之间的联系，将自己关在了下鸭幽水庄中。

寒意渐浓的十一月下旬，正当我独自一人用电热锅烤着鱼肉饼之际，小津不期而至，陪我喝酒到深夜。

“人都走光了呢。”小津说道。

“就凭咱俩还能干什么，不如解散算了。”

“没办法，就这么着吧。”

于是，旧京福电铁研究会不复存在。

然而，这段兴亡史还留有下文。

十二月中旬，长期潜伏在福井地区从事调查活动的“京福电铁研究会福井派”向“岚电研究会”和“叡电研究会”抛出了橄榄枝。他们认为既然学校文化节早已结束，继续因为同人志的内容势不两立实在得不偿失。

旧研究会成员们响应号召聚集在百万遍交叉路口的酒馆，仿佛从噩梦中醒来。在久违的宴会上，大家推心置腹地交流了一番，最后发现，原来在背后煽动对立的人正是小津。

他们对内讧的过程进行了详细的推敲，得知小津不仅驱逐了过激的“福井派”，还从中挑拨“岚电派”和“叡电派”争斗不休。追根溯源，提议编辑同人志的不就是他吗？

“这都是那小子的阴谋啊。”

“简直就是魔鬼。”

“不过他已经走了，我们没必要再斗下去了。”

于是，“京福电铁研究会福井派”收纳了“岚电研究会”和“叡电研究会”，成立了新京福电铁研究会。经历了凄惨的内讧时期，成员们的友情变得更加坚固，今后再也不会相信小津那种恶棍的三寸不烂之舌，堪称皆大欢喜。

这一切，都是过完年后小津在生协的书店里告诉我的。

“就是这么回事。”

“喂，这算什么啊？”

只有我一个人被排除在外了。

虽然经历了严苛的考验，但对京福电铁研究会来说，这场内讧依旧是一段宝贵的经历。有句话叫不打不相识，导致研究会濒临崩溃的愚蠢内讧将被一代代口口相传，以警戒那些决心守护自由风气的后来者。重要的是结果，而不是过程——才怪！我算怎么回事？不过话又说回来，事到如今我也懒得回归京福电铁研究会了。

那年冬天，我窝在萧瑟的四叠半房间里，怀抱着取暖器，愤愤不平地念叨着“拼命阻止分裂的人可是我啊”。然而，他们不仅充耳不闻，还怪我没原则，等风波过去，又把所有的责任都推到小津身上，自己和好如初，真是岂有此理！

“要是他们来哀求我，我也不是不能网开一面。”

可是，根本没有人找我，只有小津留了下来。

○

“咱俩是被命运的黑线联系在一起的。”

这是小津的原话。

进大学两年半了，在如同荒野的四叠半公寓里彷徨之后，唯一的所得只有和怪人小津之间的孽缘。

这究竟是怎么回事？我做错了什么？是自作自受吗？至少也该给我换成志同道合的……最好是黑发少女才对。

过了御荫桥，我总算追上了小津。

在靠近纠之森的御荫街上，他们三人依旧上演着一个追一个的好戏。位于队伍尾端的小津躲在电线杆后，前面是抱着澡盆走路的昨天的我，再往前是昨天的明石同学。没过多久，昨天的明石同学向右拐进通往下鸭神社的神道，昨天的我也紧随其后。

藏在电线杆阴影中的小津看见这一切，奸笑得前仰后合。我悄悄靠近，一把抓住他的胳膊，吓得他回过头来。

“咦，你怎么这么快就追上来了？”

“好了，跟我回去。”

“等一等，再等一小会儿！”小津扭动着身体说道，“好戏就在后头。”

“没你要看的戏，少废话，马上滚回未来！”

“你休想骗我，走在前面的是明石同学吧？你跟在她后头是何居心？”

见我一时语塞，小津乐开了花。

“我非要弄个水落石出！”

小津灵活地从我手中挣脱，我急忙去抓他，却扑了个空，一屁股坐倒在地。转眼间，小津已经飞奔在御荫街上了。

“站住！”

他对我的呵斥充耳不闻，消失在纠之森的方向。

纠之森的天色更加昏暗。从通往下鸭神社的神道拐进南北向的狭长马场，就能看见两边密密麻麻的白色帐篷。顾客渐渐散去，广播喇叭里传来旧书市即将结束的通知。但是小津跑没了影，于是我加快脚步穿行在旧书市的帐篷之间。

我轻而易举地发现了昨天的明石同学和自己。

明石同学如行云流水般从一个书架逛到另一个书架，我则拼命地想要跟上她，仿佛西部片中被马上的女牛仔用绳子拖拽的小恶棍。

在我的记忆中，昨天的跟踪是不露声色的，然而如今站在第三者的角度上，我只能说自己看起来鬼鬼祟祟的。那个我总是东张西望，刚刚拾起旧书便立刻将它们塞回书架，跑了几步又躲到书架背后。路过的顾客都用一种狐疑的眼神看向我，书商们明显是把我当成扒手了。不过，一旦他们意识到我其实是在追逐明石同学，脸上就露出会心的偷笑。

我从书架阴影中注视昨天的自己，感到十分无地自容。可以的话，我恨不得立刻冲上去拍昨天的自己的肩膀，让他快点住手。

又追了一阵子，昨天的我放慢了脚步，离前方的明石同学越来越远，直到停留在原地不动。那个我站在两旁排列着帐篷的马场中央，唇角扬起一丝自嘲的笑容。

猛然间，身后有人拍了拍我的肩膀。

“原来是这么回事。”

小津对我耳语道，我知道自己再没什么借口可找。

“丢人丢到家了。”

“你一直以来不都是很丢人吗？如今遮遮掩掩也无济于事。对你来说，这可是一次成长的锻炼。”说着，小津将目光投向马场的中央，“昨天的你现在在想什么？”

我能清楚地回忆起昨天的自己此刻脑海中的内容：

（1）若无其事向明石同学打招呼是不可能的。

（2）我不该打搅明石同学。

（3）仔细想来，我和明石同学之间的距离一点儿都没拉近。

不可思议的是，我望着放弃继续追逐的昨天的自己，对那种打退堂鼓的做法火冒三丈。如果可能的话，我真想冲上去对昨天的自己说：“继续追她啊！”

昨天的我并不知道这次战略上的撤退将导致无可挽回的失败，还大大咧咧地以为“今天可以到此为止，明天可以重来”，然而那个想象中的“明天”并不存在。

“咦？”小津狐疑地说道，“往回走了？”

昨天的我转过身，垂头丧气地朝南边走去。

看着我那副不争气的模样，小津钻出旧书市的帐篷，来到马场的中央，先是哭笑不得地看了看往南渐行渐远的昨天的我，又注视着加快脚步向北的明石同学。他的脑袋从北边转到南边，又回到北边，活像一只拨浪鼓。眼见小津要朝南边跑，我立刻挡住他的去路。

“等等，你想干什么？”

“你不会是在想今天就到此为止了吧？”

“让一切都结束吧。”

我认命道，小津却瞪大了双眼，说道：

“等一下，你不是约明石同学去逛五山送火会了吗？”

“没有。”

“那是谁约了她？”

“我怎么知道？”

小津望着暮色渐浓的天空，长叹道：

“唉，你无非是给自己找借口，说什么要战略撤退呀，还有明天啦，结果被不知从哪儿冒出来的程咬金抢先了……真是的，也不懂得害臊！”

“你别和我说这些大道理。”

“你就没有一点不甘心？”

“不甘心又怎样？一切都太迟了。”

“你错了，明明可以挽回的。”

小津露出一丝坏笑，让人联想到古装剧中贿赂官老爷的奸商，那表情与纠之森的神圣气氛格格不入。

“今天的你可以代替昨天的自己去约她，不然要时光机何用？”

“你根本没搞清状况，我是不能那么做的！”

没错，我们手中握有时光机，可既然对过去做一点点改变就可能导致宇宙毁灭，那我们究竟还能做什么呢？无论是我从旧书市撤退，还是某人邀请明石同学，都已成了过去。就和被可乐泡过的遥控器一样，这一切早已无法挽回。在现实生活中，时光机一无用处，因为它过于危险，中看不中用。

然而，任凭我苦口婆心地劝说，小津的表情依旧像一头刚听完演奏的牛。

“你就这样认栽了？”

“我有什么办法？”

“好，我知道了。”他说着把我推到一旁，向南走去。

“喂，你想怎样？”

“既然今天的你打算放弃，我就去说服昨天的你。”

“我都说了宇宙会毁灭的！”

“不试试看怎么知道？”

小津说完这句可怕的话后，拔腿就跑。

我赶忙追了上去，拨开一脸诧异的行人，从身后扑倒了小津。

“打架了！打架了！”有人在一旁嚷嚷。

夕阳下的旧书市被紧张的气氛席卷着，男人们从四面八方跑了过来。

“冷静点！”

"怎么了，发生什么事了？"

大伙儿你一言我一语，却没人上来阻止我们。想来是我们俩的动作都过于无力，让他们不敢确定这到底算不算打架。他们觉得既没必要拉，又不好坐视不管，真是挺尴尬的。

我抱住小津的腰，大喊道：

"我也想从头来过！"

可是，昨天在旧书市的一败涂地是我自己的责任。也是我本人因为害怕明确的拒绝才安慰自己说"还有明天"，打了退堂鼓。我有什么资格为了弥补自己愚蠢的失败而让整个宇宙陷入危机呢？哪怕我再喜欢明石同学，要是宇宙毁灭了，岂不是本末倒置？为了守护她的宇宙，我才甘愿承担愚蠢决定的后果，这才是青春，这才是人生啊。

越是这么想，我就越恨不得大哭一场。

我推开小津，跪倒在湿漉漉的地面上。

"求求你！乖乖跟我回去吧！"

小津用胳膊肘撑着地，似乎对我无话可说了。

围观的群众个个屏息凝神。过了一会儿，脖子上挂着"蛾眉书房"牌子的旧书店光头老板走上前来，对小津轻声细语地说道：

"我说你啊……虽然我不知道发生了什么事，但既然人家都这么求你了，你就原谅他吧。"

○

我连拖带拽地把小津带离了纠之森。

“只是开个玩笑而已嘛，没想到你还当真了。”

“烦死人了，你这家伙烦人透顶！”

“事到如今还说这种话，你早该知道才对。”

因为在地上打了滚，我们俩都满身是泥。

先一步返回公寓的明石同学应该会把樋口师父和羽贯小姐送走，等小津和我回去就大功告成了。回到明天以后，我们第一时间就把田村同学送返未来，从此和时光机一刀两断。无论如何，一场宇宙危机总算可以落下帷幕了。

下鸭幽水庄仿佛无人废墟一般鸦雀无声。

此刻刚过下午五点，电影社团“禊”的成员们都回去了。

我们小心翼翼地从正门溜了进来，黑漆漆的过道布满灰尘，从玄关一路向内延伸，仿佛一条闹鬼的隧道。我走上二楼，借着从过道尽头处的晾衣台射进来的微光，隐约看见一个坐在沙发上的人影。

“我们回来了。”

听到我的声音，明石同学从沙发上跳了起来。我立刻发觉她的样子非同寻常——明石同学不仅面色比以往更白，双手还紧握在胸前，想必是遭遇了意料之外的麻烦。

“时光机还没回来！”明石同学说着，奔向我们，“我送师父和羽贯小姐回去的时候和他们说好的，让他们一到对面就把时光机送回来。现在都过去十五分钟了，而且……”

“没关系，明石同学，你别紧张。”

“可是……”

“一切都完好如初了，宇宙的危机已经过去了。万一时光机不回来，我们也可以自己回到明天。”

“不是的，不是那样的！”明石同学无可奈何地摇着头，“空调遥控器没了。”

“遥控器没了？怎么会……”我突然有种天塌下来的感觉，“我不是从小津手里拿来交给你了吗？”

“师父又把它带回未来了！”

当我和小津在纠之森的旧书市扭作一团的时候，明石同学把樋口师父和羽贯小姐带回了下鸭幽水庄。

她做的第一件事就是把从我这里拿到的空调遥控器放回过道里的冰箱顶上，也就是它被喝了一半的可乐泼到的葬身之处。然后，他们再合力从晾衣台上将时光机搬了进来。

“等到了那边，就马上让时光机回来。”

明石同学又强调了一遍。

“包在我身上。”羽贯小姐拍着胸脯说道。

就在时光机即将出发的那一刻，樋口师父将手伸向明石同学。

“差点忘了，明石同学，帮我把遥控器拿过来。”

樋口师父的语气自然极了，以至于明石同学几乎是下意识地拿起冰箱上的遥控器，交给了他。

等明石同学意识到自己铸下大错时，时光机早已消失得无影无踪了。

讲完事实经过的明石同学好像霜打的茄子，叫人不忍心看下去。

“对不起，是我闯了大祸。”

“樋口师父根本没弄清楚状况。”

“紧急关头出了纰漏，明石同学，宇宙要毁在你的手里了。”

小津落井下石的一句话让明石同学仿佛断线木偶一般丧失了生气，只见她转过身去，用头撞起墙来。

“我罪该万死，我对不起全宇宙的人。”

“不能只怪你，所有坐上时光机的人都是共犯。”我对明石同学说道，“再说了，我们还有时间，别灰心。”

话虽如此，留给我们的时间不多了。再过一会儿，昨天的明石同学就要从旧书市回来了，之后绿洲澡堂里的樋口师父那帮人和下班的羽贯小姐也要来了。等所有人齐聚一堂，在鸭川边疗完伤的我回到公寓，可乐事件就要发生了。要是我们不能在那之前拿回遥控器，宇宙的气数也算到头了。

“总之只有等时光机回来了。”

这是一段让人心急如焚的时间。明石同学一动不动地坐在沙发上，攥紧了十指。来自晾衣台的光线越来越暗，低下头的她表情也阴沉得仿佛坠入水底。看着明石同学被宇宙存亡的责任压得喘不过气来，我真心觉得她很无辜。提议乘坐时光机回来拿遥控器的人是我，而打翻可乐的罪魁祸首又是小津，一切责任都在他身上。

晾衣台上的暮光给人一种世界末日的感觉。就因为区区空调遥控器，我们的宇宙即将宣告终结。唯一叫人宽慰的是身边有明石同学相伴，一旁的小津却又让我的这份心情大打折扣。

小津似乎对宇宙的终结毫不在意。

“船到桥头自然直啦。”

我对他的盲目乐观恼火得不行。

“对了，明石同学，有件事我想问你。”小津突然对明石同学说道，“你要和谁一起去看五山送火会？我很愿意尊重你的个人隐私，但还是希望你能如实相告。”

“现在不是说这种事的时候吧？”我插嘴道。

“你有没有搞错啊？这可是关乎宇宙存亡的大问题。”

明石同学被吓了一跳，两眼盯着小津。

“你会和那个人去的吧？”小津毫不客气地问明石同学。

“嗯，会的，不过……”

明石同学匆匆瞥了我一眼，不再说话了。任凭小津如何催促，她就是不开口。这份神秘莫测的沉默到底意味着什么呢？

我也终于克制不住了。

“明石同学，拜托了，告诉我们吧。”

明石同学用难以置信的表情望着我，说：

“你怎么……”

她话音未落，脸庞就被苍白的闪光照得雪亮。一阵旋风过后，晾衣台上的风铃拼命地响个不停。

时光机回来了。

○

我仍然没能问出是谁约明石同学去看送火会，毕竟眼见烦人的家伙们一股脑地从未来杀到此地，哪里还有工夫提这件事？

出现在过道上的时光机不仅搭载了樋口师父和羽贯小姐，还带上了坚持拒绝进行穿越的城崎学长，以及土气的未来客田村同学。

“我们到了！”

在羽贯小姐的一声宣告下，过道上瞬间热闹了起来。

“来这么多人干什么？”

“冷静。”樋口师父拍了拍我的肩膀，“对不起，给你和明石同学添麻烦了，是我们没能正确认识到时光机的危害。不过你放心，我们已经弄清楚状况了。”

“这是好事，可你们也不用都来啊。”

“人多力量大。”

“也许我能帮上什么忙。”田村同学说道，“身为未来客，我觉得自己也有责任。”

“既然你是这么想的，就别再添乱了。”

我还在想城崎学长怎么这么消停，原来他正趴在地上呢，大概和明石同学一样晕时光机吧。

看到活泼的同伴们登场，我一点儿也不觉得松了一口气，甚至感到有些危险。在穿越这件事上，这帮人从一开始就缺少克制，而且昨天的他们很快就要在公寓会合了。要是让这么多人相互打上照面，势必将上演一场“无所谓”舞会，毁灭整个宇宙。

小津对田村同学说道：

“咦，你是刚才的……”

“方才真不好意思，我叫田村，来自未来。”

“原来如此，可你看起来怪土气的。”

“哈哈，经常有人这么说，这个时代的人还真不懂礼貌。”

明石同学推开这伙人，跑到时光机旁边问道：

“遥控器在哪儿？”

“别担心，我们带着呢。”

看见羽贯小姐得意扬扬地举在手中的遥控器，明石同学和我都目瞪口呆。空调遥控器不仅被保鲜膜裹了一层又一层，还密密麻麻地缠满了胶带。

“就是为了保护它才耽误了时间，不过这个点子不错吧？就算被可乐泼到，也不用担心遥控器坏掉了。”

“不行！”明石同学和我异口同声道，“非得弄坏它不可。”

“为什么？”

“因为昨天遥控器坏了。”

羽贯小姐噘嘴说道：“他们说不行啊，樋口。”

樋口师父摸摸络腮胡，叹了一口气：

“我还觉得是一个妙计呢。”

“所以我才让你们别这么做。”城崎学长扶着墙壁站起身，“我反复警告过他们了，做这种事会改变过去的，可他们就是不听。实在叫人放心不下，这里让我来指挥！”

城崎学长又呕吐了一阵，瘫倒在地。

“就你这样还怎么指挥？”

羽贯小姐哭笑不得地帮他揉着背。

无论如何都必须先扯掉遥控器上的保鲜膜，明石同学从刚才开始就在费尽力气这么做，可惜那严严实实的包装堪称专业水准。

她抬起头，捋了捋刘海，说道：

“只能拿剪刀来了。”

我飞奔进209号房，在桌上翻出剪刀后赶了回来。

城崎学长不知什么时候顶替了明石同学，也在面红耳赤地和遥控器激战。

“给，剪刀。”

可他实在太投入了，根本没听到我说的话。

“城崎学长，快用剪刀！”

众人围着遥控器，你一言我一语，就在这时……

“哎呀，大伙儿都在呢。”

过道尽头传来了熟悉的尖嗓门。

“是哪个相岛？”樋口师父在我的耳边小声问道。

“昨天的。”我头痛地回答道。我根本没考虑过相岛学长出现的可能性，只是想当然地以为他昨天拍完电影就回家了。

“你们从澡堂回来了？”

说着，相岛学长走了过来，目光落在过道里的时光机上。

“咦？”他细细地端详了一会儿，“这是什么？”

我们面面相觑，相岛学长神色狐疑地继续说道：

“我是说这个，有点像时光机呀。”

“对了……”明石同学强行转移话题，“相岛学长，你是来找东西的吗？”

“嗯，我的眼镜丢了。”

可是，相岛学长的双眼依旧不离时光机。

“每次换角色时我都会戴上不同的眼镜，这样方便我迅速入戏。所以今天拍摄全程我都戴这一副，可是在回去的路上想换回来时，发现平常戴的那一副找不着了。”

“应该在我房间里吧？”我毫不迟疑地打开了209号房的门，“大家捡到遗失物品都会放在我这儿，请进吧。”

相岛学长果然信了我的话，等他一走进屋我就关上门，拧紧了把手。

“你关门干什么？”

说着，相岛学长也拧动门把手。

我拼命地顶住房门，压低声音说道：

“时光机被他看到了，快藏好！”

同伴们围着时光机，手忙脚乱起来。

“怎么办？”

“放到晾衣台上去。”

“马上就会露馅的。”

“索性送到另一个时代？”

可是单独送走时光机的话，它就再也回不来了。

“包在我身上，”说着，樋口师父坐了上去，“随便找个地方逛一会儿再回来。”

“带上我。”小津也立刻坐了上去。

不管怎么说，我都觉得这太冒险了。让两个如此无法无天的人自由使用时光机，简直是对时空连续体的亵渎。

“怎么放心交给你们?!”城崎学长说出了我的心声。他将那两人拉了下来，自己坐上时光机。羽贯小姐跑过来说道：

“不行，城崎，你会晕的。”

“与其让他们去，还不如交给我。拜托，别再捣乱了。”

我从来没有像现在这样和城崎学长惺惺相惜，他也在挺身守护时空的秩序啊。生死与共的同伴之间哪怕存在立场和性格的差异，也能跨过这一系列障碍齐心协力。

“等十分钟左右就请回来。”

听了我的话，驾驶座上的城崎学长用力地竖起拇指。

“交给我吧，一定做到。”

时光机开始发出轰鸣声，城崎学长又看了一眼面板。下一刻，他似乎发现了什么异状，霎时变得面无血色。

“喂，这是……”

惨叫声戛然而止，时光机在强光和旋风中消失不见。

○

相岛学长开门探出脑袋时，时光机早已无影无踪，唯有风铃还在旋风的余威下叮当作响。

他愤愤不平地说道：

“刚才门打不开了。”

“是吗？偶尔会这样。”

“我感觉是有人在门外堵着。”

“没必要做那种事吧，哈哈。”

我向同伴们使了个眼色，事到如今，只有装傻到底了。

樋口师父、羽贯小姐和明石同学齐刷刷地坐在沙发上，面带微笑。小津和田村同学站在杂物堆里，同样面带微笑。

“城崎呢？”相岛学长问道。

“他有急事，先回去了。”我回答道。

“咦?!”相岛学长刚走出房间就惊叫了一声，“时光机不见了。”

“时光机？”

“刚才还放在这儿呢，我可不会看错。”

“有那玩意儿吗？”

我假装听不懂，其他人也依样画葫芦。

“奇怪……”相岛学长变得没那么自信了。

“你不会在做梦吧？”田村同学咯咯笑道。

相岛学长向他投去狐疑的目光，问道：“你又是谁？”

“我？”田村同学吓了一跳。

“你说起话来就像个熟人似的，明明咱俩没见过面吧？”

“他是小津学长的表弟，”明石同学急忙出言相助，“利用暑假时间来参观大学的。”

“对对对，就是这么回事，我叫田村。”田村同学立刻配合道，还和小津勾肩搭背起来。

“眼镜找着了吗？”明石同学问。

“没影了。”相岛学长气呼呼地说道，随即开始翻动过道上的杂物堆。

我希望相岛学长能赶在时光机回来前打道回府，可是事与愿违，他还和田村同学唠起了家常：

“感觉大学怎么样？是不是没有想象中的有趣？”

“嗯……好像是这么回事。”

“大家都这么说。”相岛学长点了点头，似乎不感到意外，“那是因为你还没挑战过自己的可能性。假如你以后就读我们的大学，迎新的那段时间去钟塔下看看吧。各式各样的社团都在那儿招人，通向无限未来的大门正朝你敞开。若想过上有意义的大学生活就加入社团，光是在一旁看着哪能开拓未来？”

“可是，我没有特别想加入的社团。”

“没兴趣也可以进去试试。”相岛学长的眼镜玻璃闪着光，他不由分说地说道，“要不然，你就会白白浪费这四年的时光了。要是你把自己关在一个四叠半的公寓房间里，又能在其中发现什么样的可能性呢？这里既找不到爱情，也没有冒险，简直空无一物。昨天和今天一样，今天又和明天一样，日子过得味同嚼蜡，和死了有什么分别？”

“别把话说得太过分了，”我坚决地抗议道，“还是有那么一点滋味的。”

“死鸭子嘴硬。”相岛学长的话不留丝毫情面，“只要你往外走一步，就会发现世上到处都有形形色色的可能性，因为你本身就充满了可能性。你身为人的价值就在于无限的可能性。当然，谁也保证不了会有玫瑰色的生活在等你。你说不定会成为什么诡异宗教社团的俘虏，或者被卷入内讧，心灵受到重创，可我依然要说，那又怎样？全力以赴活出可能性，这才叫青春嘛。”

相岛学长的演说撑足了大道理，让我这个在不可能之中窒息、无力摆脱四叠半房间的人振聋发聩。

可我也没工夫佩服他，毕竟明石同学从方才起便鬼鬼祟祟，东张西望地扫视着地板和墙角的杂物堆。

“你——怎——么——了？”我向她对出口型。

“遥——控——器——在——哪——里？”明石同学以同样的方式反问我。

“你能帮我找一下眼镜吗？”相岛学长对我说道，“我现在戴的是拍戏专用眼镜，搞得我心情还转换不过来。你明天下午之前替我找到，到时候我来拿。”

“包在我身上，保证替你找到。”

我拍着胸脯说道，总算送走了相岛学长。

等他下了楼，我和明石同学立刻四下搜寻了起来。

“怎么了？”羽贯小姐从沙发上起身问道。

“奇怪，遥控器怎么不见了？”

“那可不妙！”众人异口同声。

樋口师父和羽贯小姐都站了起来，小津和田村同学也在过道上来回转悠，大伙儿齐心协力地翻起杂物堆来。

“大家一定要小心！”明石同学急忙喊道，“别把过去翻乱了！”

○

我们在过道上找了一圈，只发现了相岛学长的眼镜，根本没看见遥控器的影子。

明石同学叹了一口气。

“遥控器应该是匆忙之下被城崎学长带走了。”

“那家伙看起来靠谱，其实不行。”

听了樋口师父的话，羽贯小姐笑着说：

“他肯定最不想听你这么评价。不过这下可伤脑筋了，他要是不抓紧回来就麻烦了吧？”

此刻已过下午五点半，距离可乐事件只有不到半小时了。

有件事始终让我放心不下，就是城崎学长在时光机离开前露出的怪异表情。当时他看了面板一眼，似乎被吓了一跳。在我提出疑问后，樋口师父回答说：“想必是因为他看到了目的地。”

“樋口师父，你本来打算去哪儿？”

“九十九年前。”

听了他的话，在场的所有人都震惊了。

“机会难得，我打算到遥远的过去走走。我本想提醒一下城崎，可惜来不及了。但是他自己也有责任，既然推开我冲上去，就该亲自确认一下目的地。”

“那可是大正时代！”

“然也。”

田村同学战战兢兢地举起手来。

“情况是不是不太乐观？我听房东说，当时这一带是沼泽。”

那个年代附近少有人家，到处都是树林和农田。如今的下鸭幽水庄所在的位置曾是一片广阔的沼泽，黝黑的水面上布满了长发般的水藻，大白天都阴森可怖。

夏末的某个傍晚，一名去河对岸求医回来的男子经过了沼泽。暮色笼罩下的沼泽仿佛血池般一片鲜红，比平时更增添几分惊悚。男子加快脚步，想尽早离开，沼泽中却刮起一阵臭气熏天的大风，还传来了诡异的呕吐声。

男子循声望去，吓得浑身发抖。

暮色中，油光发亮的沼泽正中漂浮着一个可怕的怪人。远远望去，那副硕大的身躯缠满了墨绿色的水藻，口中不断呕吐着秽物，想必是要将过往行人拖入沼泽的河童。

男子连滚带爬地逃回村庄，大喊着“河童，是河童”。

长久以来被河童传说吓得胆战心惊的村民们立刻做出回应，各自抄起武器奔赴沼泽。正当此时，四周却闪烁起耀眼的光芒，随之而来的旋风也将村民掀翻在地。有些人甚至害怕得当场逃之夭夭。

等奇异的光线和旋风平息下来，沼泽中再也没有什么怪人的身影了，只留下被夕阳染红的水面和臭不可闻的劲风。

在九十九年前的大正时代，别说这栋公寓了，就连它脚下的土地都尚未出现。这里只是一片沼泽，而“幽水庄”这个和学生公寓格格不入的名称正来源于此。

假如城崎学长在公寓二楼坐上时光机，不偏不倚地回到九十九年前相同的地点的话……

“难道河童就是城崎学长？”

田村同学说完这句话后，所有人都陷入了窒息般的沉默中。与此同时，楼下响起了一阵轰鸣。

“是城崎回来了吗？”羽贯小姐问。

我们箭步穿过过道，朝楼下望去。一楼先是静悄悄的，稍后传来湿布拖在地板上的声音，啪嗒，啪嗒，啪嗒……走上楼的正是全身缠满水藻的大汉。从九十九年前的沼泽生还的城崎学长，模样和传说中的河童如出一辙。他双手抱着时光机，一步一步重重地踩在楼梯上。

走上二楼的城崎学长将时光机缓缓地放到地上，先是吐了一阵，又厌恶地扯掉脸上的水藻。他眼中燃烧着怒火，转瞬之间便扑向了樋口清太郎。

“你想杀了我吗?!”

○

我、小津以及田村同学合力从身后抱住了城崎学长，他将瘦弱的我们甩来甩去，怒吼道："我掉沼泽里去了！又晕又吐，还被水藻缠住！时光机也沉了下去，害我差点丢了命！赔罪！给我赔罪！"

他能活着回来堪称奇迹，也难怪要大发雷霆了。

连樋口师父都不得不向他磕头谢罪：

"对不起，我向你道歉。"

"你以后不许再碰时光机！"

"机会难得，我只想试试。"

"我再说一遍，你以后不许再碰时光机！"

城崎学长的样子让人不忍直视——浑身上下被散发着恶臭的沼泽污水浸透，还覆盖着黏糊糊的墨绿色水藻。要是在夜路上遇到了他，准会以为自己撞见了妖怪。难怪村民会把他当成河童，从大正时代流传至今的河童奇谈原来就是起源于九十九年前坠落到沼泽的城崎学长。

不过比起河童奇谈的真相，遥控器更为重要。

"城崎学长，把遥控器给我们吧。"

"遥控器？"城崎学长似乎没明白我的意思。

"空调遥控器啊，有了它就大功告成了。"

“哦，遥控器当然在……”

城崎学长将手伸进裤兜，忽然一动不动了。只见他张大嘴巴，脸色也变得煞白。

“我弄丢了。”

“弄丢了？在哪儿丢的？”

“沼泽，就是那片沼泽。”

“唉……”羽贯小姐叹了一口气，“怎么办啊，城崎？”

“我保命都来不及！”城崎学长哭诉道，“这不怪我！”

遥控器已经去了一个遥不可及的地方，就算坐时光机回去，又该怎么从九十九年前的沼泽底下把它挖出来呢？

“全完了。”我绝望地嘀咕着。

这时，田村同学双手一拍。

“我有个好主意。”

“什么？”

“归根结底，只要有209号房的空调遥控器就行了吧？”

“确实是这样，不过……”

“明白了，让我用一下。”

说着，他大步走向时光机。

“田村同学，你想怎么做？”

“你们放一万个心，交给我就好了！”

田村同学朝我们爽朗地敬了一礼，便在熟悉的闪光和旋风中消失得无影无踪。

明明这一连串的时空大麻烦都是他引起的，他还好意思叫我们放一万个心？能少操一点心就不错了。无依无靠的我们只好面面相觑，从晾衣台上射进来的晚霞洒在明石同学忧心忡忡的脸上。不久之后，夏日中的“昨天”就要过去了。

“明石同学，你昨天是什么时候从旧书市回来的？”

“不到六点吧，我刚进大门就听到了房东的广播。”

——樋口师父，樋口清太郎，该出来交房租了。

第二天下午，我们还会再次听到这“天上的声音”。

明石同学到公寓后又过了十来分钟，樋口师父、小津和城崎学长也洗完澡回来了。他们在大门口脱鞋的时候，下班的羽贯小姐正好造访。

“最后回来的是我。”

听到我的自言自语，其他人都表情惊讶地看着我——无论是城崎学长、羽贯小姐、樋口师父、小津还是明石同学，似乎都不明白我在说什么。

“你们怎么这么看我？”

“你傻了吗？”小津问道，“是你先到一步的。”

“等等，你在说什么呢？”

“我们从澡堂回来的时候，你不是已经在这里了吗？”

“傻的人是你吧，我确实先一步离开澡堂，可后来又去办事了，等回到公寓已经六点多了。那时候你们都在，你还突然让我跳什么裸体舞来着。”

“学长，你是认真的吗？”明石同学突然严肃地问道，“你确定自己比我晚回来？”

“是啊，我没必要撒谎吧？”我疑惑地看向她。

渐渐暗淡的暮光中，明石同学锁紧眉头，咬着嘴唇。

刹那间，过道上又出现了闪光和旋风，是田村同学回来了。

〇

“就是这个吧？”

驾驶座上的田村同学得意扬扬地举起本该在九十九年前沉入沼泽的遥控器。

“对！”明石同学指着遥控器问道，“田村同学，遥控器怎么在你那儿？”

“实不相瞒，我是从未来的209号房拿来的。”

确切地说，田村同学回到了自己坐时光机出发的那个夏天的半年后，也就是第二年的三月末。

一抵达目的地，以半年后的田村同学本人为代表的“下鸭幽水庄时光机制作委员会”就在过道上站成一排，热烈地欢迎他。那群人早就明白了事情的经过，提前准备好了空调遥控器。

“嘿嘿，和未来的自己交流真是毫无障碍。”田村同学笑着说道。

叫人难以置信的是，经过了四分之一个世纪的下鸭幽水庄209号房依旧还在用同一台空调。

“可是这样一来，你们就用不了空调了。”

“没关系。”田村同学微笑着说，“说实话，下鸭幽水庄确定重建了。房东提前很久就让我们在三月底之前搬出去，我也不可能带走一直都在209号房的空调。再说了，那台老古董是时候寿终正寝了。”

“所以你才选择穿越到三月底？”

“是啊，反正也没人用了。”

“田村同学，你很厉害嘛。”我说道。

“了不起的土气男。”

“令人刮目相看的土气男。”

“向土气男致敬。”

其他人也一一称赞道。

“这个时代的人还真不懂礼貌。”田村同学苦笑着跳下时光机，毕恭毕敬地将遥控器交到我手上，“请随意使用。”

于是，遥控器再度回到了我们手中。看到我将它放在冰箱上，大伙儿都自然而然地鼓起掌来。

四分之一个世纪后的遥控器填补了掉在九十九年前沼泽里的老前辈的空缺，完美重现了昨日的状况。所有人都屏息凝神地面对着这一幕，好一会儿都说不出话来。原以为即将断裂的因果之环奇迹般地闭合了，避免了宇宙毁灭的结局。解决危机的方式来得过于波澜壮阔，也过于出人意料。

“再不回去的话，就不太妙了吧？”

羽贯小姐的话让我们都回过神来，不知不觉间，晾衣台上的晚霞几乎黯然无光。

我们赶忙坐上时光机，由于人数众多，想一次带上所有人就必须小心进行力学上的计算。在你推我挤的众人中，明石同学在驾驶座上弯下腰，转动着旋钮。

城崎学长推开樋口师父，提醒道：“明石同学，千万别搞错了！”

“没问题的。”明石同学回答道。

然而，完成了一系列操作的明石同学紧盯着面板，一动不动，无论我们怎么催促就是不去拉操纵杆。

“还是不对劲！”

因为她突然起身，我们也都失去平衡，倒在地上。

明石同学默默地抓住我的胳膊，一边远离时光机，一边小声说道：“怎么也还原不了当时的情况，因为昨天我回来的时候，学长就已经在这里了。”

“不可能，我是最后一个回来的。”

“所以我才觉得，或许那个学长其实是……”

过道尽头传来刺耳的电子音，房顶上的喇叭被打开了：

“樋口师父，樋口清太郎，该出来交房租了！”

房东庄严的声音回荡在身边，时光机旁的同伴朝我们喊道：

“喂，你们在干吗？”

“没时间卿卿我我了。”

“再磨磨蹭蹭的，我们就先走了。”

明石同学不耐烦地朝他们挥了挥手，又把脸转向我。

“学长，你留下。”

“怎么回事？凭什么？”

“因为昨天我们约好了！”明石同学眼神迫切地盯着我说道，“请约我去看五山送火会，这样才能还原昨天的情况。”

楼下传来正门打开的声音，昨天的明石同学已经从旧书市回来，想必很快就会上楼了。而今天的明石同学对茫然无措的我点了点头，轻飘飘地转身跑向时光机，坐在上面朝我挥手。

“学长，别搞砸哟。”

“等等，可是明石同学……”

“我会来接你的！”

说完，她就和时光机一同消失了，将我一个人留在了“昨天”。

○

闪光和旋风过去后，过道里重归寂静。

“因为昨天我们约好了！”

直到时光机消失后，我才总算明白了明石同学话里的意思。

这意味着，抢在昨天的我之前约她去看送火会的人正是今天的我。我还来不及享受这份奇妙的安心，就对肩上的重任感到毛骨悚然。万一我没能成功约到明石同学，状况就还原不了，宇宙毁灭的悲惨结局就难以避免。

渐渐暗下来的过道上亮起了荧光灯。

“学长？”

我听到声音，回过头去，看见明石同学在向我走来。

我望着明石同学，嘴巴一张一合，仿佛毫无心理准备就被丢到舞台中央的业余演员。

“你从澡堂回来了啊，师父他们呢？”

可我依然发不出声音，弄得她狐疑地皱起眉头。

“怎么了？”

我深吸一口气，终于回答：

“不，没什么。”

“真的吗？”

“没事，有点累而已。”

“辛苦学长了，真是充实的一天。”

“樋口师父他们就快回来了。对了，旧书市逛得如何？”

明石同学笑眯眯地举起手中的书袋。

“简单逛了逛，时间太仓促，我还是想明天再去一次。”

“那儿的书店是挺多的。”

“嗯，看不过来。”明石同学坐在沙发上出神地说道。

我靠在墙上，看着她的脸，心想必须赶在樋口师父和小津从绿洲澡堂回来前把事情搞定。可我又不知道该如何向明石同学发出邀请，如今后悔没从她本人口中问出细节也为时已晚。

正当我暗自伤脑筋的时候，明石同学小声地说道：

“下一部电影拍什么呢？”

“你已经在想下一部了啊？怪心急的。”

“要马不停蹄才好，站在原地不动只会烦恼。”明石同学的表情很认真，“学长有什么好主意吗？”

听到她这么问，我的心情不错。回想起来，最近几个月和小津、明石同学构思《幕末软脚蟹列传》的日子难得地开心，让我感觉自己是在积极地做事。在围绕京福电铁研究会的一系列骚乱之后，我那暗无天日的四叠半世界终于迎来一线光明。

“你看这样行不行？”

不知不觉间，我打开了话匣子。

“某天早上，一个男人在四叠半房间里醒来。他虽然身处熟悉的卧室，心里却七上八下。打算去公共厕所的他打开房门，却看不见公寓的过道，眼前只有如镜中倒影般的四叠半房间。那个房间的窗外又是另一个四叠半房间，同样的景象绵延不绝。男人被毫无征兆地独自留在了四叠半的世界里，为了回到原先的世界，他开始在其中探险。”

明石同学向前探出身子。

“后来怎么样了？”

“我还没想好呢。”

“什么嘛……”明石同学笑了。

“我曾经做过这样的梦。”

“还真是一个奇怪的梦。”明石同学说道，“真羡慕学长啊，我梦里的内容都很一本正经。”

我这才意识到，现在不是聊这些的时候。

约明石同学去逛五山送火会等于拯救宇宙，我肩上担负着如此重任，自然不会有什么战略撤退的软弱选项。

可是，万一失败了该怎么办呢？如果她回答说自己凭什么要跟我去呢？

为什么我要背负如此沉重的压力？这里只不过有个人对另一个人怀着好感，想约她出去玩而已。从古至今有无数人做过这种事，未来也一样，简直稀松平常。可是，此等平常之事为何做起来难比登天呢？

我感觉口干舌燥，像一个摆设似的在原地动弹不得。

明石同学侧耳听着外面的动静。

“啊，师父他们回来了。”

楼下传来樋口师父和小津热闹的说话声。

一旦让那两个烦人的家伙搅和进来，我就休想约明石同学了。意识到没时间犹豫的我拿出了破釜沉舟的勇气。

“明石同学……”

“嗯，什么事？”她语气爽快。

“我想去参观五山送火会。”

“挺好啊。”

“你要不要一起？”

我屏住呼吸，等待答案。

明石同学好像吃了一惊，只是盯着我看。

难怪她会不知所措，谁叫我不挑个更自然的时机呢？短短几秒钟的沉默对我来说漫长得可怕。明石同学会拒绝吗？我还是会一败涂地吗？眼前的空间仿佛迸裂开来，以下鸭幽水庄为中心的整个宇宙都在分崩离析。永别了，宇宙。永别了，明石同学。

就在我产生必死预感的瞬间，宇宙的危机化解了。

明石同学点了点头。

“好啊。”

“可以吗？”我长舒一口气，“这样啊，真是太好了，嗯。”

总算放下心中大石的我只能说出这种干巴巴的感想。

小津出现在走廊尽头的楼梯口，身后还跟着樋口师父、城崎学长和羽贯小姐。他们兴高采烈地吹着牛，丝毫没察觉我刚经历了事关宇宙存亡的挑战。这时，羽贯小姐冲我们挥挥手，打了声招呼。

“请允许我确认一下，”明石同学同样向对方挥着手，压低声音问道，“是大家一起去，还是只有你和我？”

“务必只有你和我。”

“原来如此。”

“所以请对小津他们保密。”

“嗯，保密……当然……嗯，那样，比较好……”

明石同学慌慌张张地不停点头。

○

我已完成了穿越者的职责，却不知该如何回到未来。

明石同学说过会来接我，听起来却不那么现实。可乐事件发生后，我们一整晚都在为遥控器守灵。公寓的人在这里进进出出，根本容不得时光机现身。

无论如何，我都必须立刻撤退，万一撞上昨天的自己就麻烦了。

“洗澡真舒服。”小津甩着手中的毛巾说道，“你怎么先回来了？”

“有点事。”

“事情解决了吗？”

“嗯，也不是什么大事。”

“哦，是吗？”小津露出一脸怪笑。

坐在沙发上的羽贯小姐大口灌着塑料瓶里的可乐，樋口师父开门走进210号房，也不知在黑漆漆的房间里摸索着什么。明石同学在他身后说道：

“师父，房东刚才喊你来着。”

“准是为了房租。”

樋口师父嘀咕了一声。城崎学长用澡堂前台买来的毛巾擦着汗，气呼呼地抱怨了一声“热死人”，理所当然地打开209号房的房门，开启了空调。

羽贯小姐将可乐放在冰箱上，伸了个懒腰，问道：

“你们接下来准备干吗？”

“师父说要去开庆功会，”明石同学回答道，“也算是今天的反省会吧。”

“那我也跟去吧，你们给我讲讲拍摄的事。”

樋口师父和城崎学长开始争论晚饭吃什么，明石同学问我去不去，我摇了摇头。

“不了，我还有事。”

我心想，得趁现在赶紧溜。可我刚在过道上迈开步，小津就张开双臂拦住了去路。

“等一等。”

“干什么？给我让开。”

“你怎么刚回来就走？”

“我都说了有事。”

“你刚刚不是说已经解决了吗？”

“还有别的事，我忙得很。”

“我总觉得你鬼鬼祟祟，好像藏着秘密。”小津煞有介事地叹了一口气，“为什么要瞒着我？咱俩不是真心朋友吗？”

“我可没给过你那种资格。”

“又说伤人的话……”小津假装生气，随即坏笑着说，“有女人了吧？”

“怎……怎……怎么可能？”

“你那点花花肠子骗不过我的眼睛。”

我实在受不了他的死缠烂打，想要硬闯过去，不料小津像软体动物一般抱住我，装模作样地哭喊道：“你太过分啦！明明有我在，你被哪儿冒出来的女人勾了魂？”

“算我求你了好吧，放我走，不然就来不及了！”

“像小两口吵架呀。”羽贯小姐笑道。

我俩推搡了一通，小津终于松开手。

“真拿你没办法……我也不是不近人情，既然你这么坚持，那就走吧。不过得付出代价才行，你要认罚。”

“你想让我干什么？”

“当然是跳裸体舞了。”

“凭什么啊！”

“只有这样才能治愈我心中的伤痛。那个澡盆呢？用澡盆遮住下半身跳裸体舞才符合传统，”

必须闯过这一关，溜之大吉才行。

“好，那我就告诉你自己的秘密。”我绞尽脑汁地说道。

“哦？”小津兴致盎然，“愿闻其详。”

“你们去晾衣台上看看，自然就会明白。”

我故弄玄虚地朝众人招了招手，将他们引到晾衣台。

太阳下山了，周围的空气宛如浸泡在水中一般散发着蓝光。

我穿过晒在那里的有些脏兮兮的被褥，将半个身体探出栏杆，指着房东的院子问道：“你们看，那里有什么？”

其他人都一脸莫名其妙地凑了上来。

“房东家的院子啊。”

“我看见茶毛了。”

“不错，它在干什么？”

“好像在地上拼命挖洞。”

“其实不是的，你们仔细看……”

大伙儿齐刷刷地探头朝院子里望去。

我悄悄向后退，飞快地穿过被褥回到过道上。

昨天的我就快回来了，现在想离开公寓，很可能在大门口与他撞上，太冒险了。可是过道里也没处藏身，我只好奔进209号房，躲入壁橱后关上门，和皱巴巴的衣服、纸板箱以及成人书籍挤在一起。我屏息凝神，听见其他人在外面找我的声音。

后来发生的事，诸位读者早已知晓了。

〇

回到公寓的我一进大门，就听见二楼传来喧闹声。

“那个人去哪儿了？”

小津的嚷嚷声震撼着我的耳膜，看来从澡堂回来的他还在和樋口师父他们玩耍。

我走上楼梯，来到过道，看见尽头处的樋口师父和小津正东张西望，城崎学长和羽贯小姐也在那里。他们一会儿瞧瞧晾衣台，一会儿打开各个房间的门，还时不时翻翻堆在一旁的杂物，像是在找东西。一股不自然的凉风吹到我身上，原来209号房的房门敞开着。这帮人又在乱用我的空调！我刚想发火，就见明石同学从晾衣台回到过道，她回来的时候我大概还在河边疗伤吧。

“学长！”

她看见我的模样后，似乎倒吸了一口凉气。

“怎么了，出什么事了吗？”我停下脚步。

听见明石同学的叫声，樋口师父、小津、城崎学长、羽贯小姐都聚集了过来，还各自发出惊叹。众人的目光集中在我怀里的澡盆上，流露出前所未见的尊敬。

“原来你都准备好了呀，”羽贯小姐说道，“真讨人喜欢。”

就连城崎学长都仿佛对我刮目相看，夸赞道:“真是个会带动气氛的家伙。”

我一把从他手上夺过遥控器，关上了自己房间的空调。

“别随便用啊。”

说完，我把遥控器放在小冰箱上，旁边还有半瓶可乐。

明石同学有点担心地问道:

“学长，你真的要这么做吗？”

“做什么？”

“不……不就是……那个……”

“好啦，跳起来吧！”

小津拽住我的胳膊，把我拉到过道中央。其余人或是坐在沙发上，或是搬来圆椅子，不约而同地向我投来期待的视线。我只能抱着澡盆茫然地看着他们，心里纳闷儿:小人有什么能孝敬诸位的吗？

“跳？”

“你刚才不是说好了吗？”小津嬉皮笑脸地大声说道，“跳裸体舞啊！”

“裸体舞？凭什么啊？”

“还在卖关子啊。”樋口师父摸着下巴说道。

城崎学长皱起眉头，说:“事到如今再装蒜也太难看了，是男人就快点。”

“我们不会跑掉的。”羽贯小姐说道。

“不是，我真没听懂你们在说什么。”

我迷茫地看了一眼明石同学，只见她躲在樋口师父的身后。她的表情一言难尽，夹杂着羞怯、听天由命和若干求知欲。

“你不是把道具都带上了吗？”小津指着我怀里的澡盆，“拿着它，像这样跳就行了。”

他摆出用澡盆遮掩下半身的手势，跳起舞来。

直到现在，我都能清晰地回忆起小津奸笑着跳舞的模样，那简直就是如假包换的邪恶化身。毫不夸张地说，他凭借那段恶魔的舞蹈击碎了我的未来，更将整个宇宙逼入绝境。

小津的右手撞上了冰箱，可乐瓶顺势倒下，转瞬之间，冒着泡沫的黑色液体便从瓶口涌出。

“遥控器！”

明石同学大喊道。

我一把推开小津飞奔过去，却为时已晚。

遥控器被可乐浸透，坏得很彻底。

○

八月十一日的可乐事件就是这样发生的。

昨天的我无从知晓的是，当事件发生时，来自未来的另一个我一直藏在209号房的壁橱里。

“原来是这么回事。”

黑暗中的我自言自语道。

“好吧，接下来该怎么办？”

第三章

回到八月十二日

今年二月，我第一次和明石同学说上话。

那天我去出町商业街买完东西，披着雪花走在回家的路上。无论是从贺茂大桥眺望的比叡山、一望无际的鸭川沿岸还是鸭川三角洲上的松林，都像是盖上了一层白砂糖，古都的宁静也更胜平时。

我想，自己当时的表情一定很阴沉。

去年深秋，我被逐出了京福电铁研究会，如今还惦记着来我宿舍的人只有小津一个。就算是他，也不过趁着拜访住在二楼的樋口清太郎的机会顺道露个脸。而我呢，只好一边百无聊赖地在电暖炉前烤着火，一边听他炫耀自己多了个师妹。一想到又要回到那个寒冷彻骨的四叠半房间，我的心情便愈发沉重了。

未来的我将何去何从？哪怕将视线投向远方的地平线，我也依旧捕捉不到这漫无目的的四叠半世界尽头。

归途中，我心血来潮走进纠之森马场。

南北狭长的马场积雪皑皑，广场上每年八月都会排满卖旧书的帐篷，此刻却只留下一片洁白的虚无。

我站在雪中，叹了一口气。

周围安静得好像能听到雪花渐渐堆起来的声音。

这时，我看见了走在前面的那个女孩。她戴了一条红围巾，手上提着包。看着那个背影，我依稀回想起来自己曾在下鸭幽水庄见过她几次。

不一会儿，女孩被雪堆绊了一跤，跌倒在地。

我吃了一惊，赶忙跑上前去，却在中途发现她自己站了起来。女孩平静地拍掉了身上的雪花，接着向前走去。

可我安心了不过十来秒，她就又一次一头栽倒了。我再度朝她跑过去，仍然没帮上忙。她立刻爬了起来，仿佛带着“不屈的意志”在洁白的虚无上一步一个脚印地走着。

我无意中发现，脚边的雪地里埋着一只小熊布偶。海绵做成的小熊屁股圆滚滚的，像一个婴儿。

“喂！”我冲着前方喊道，“这个娃娃是你的吗？”

女孩停下脚步回过头来，又伸手在包里摸索了一番，露出了惊讶的表情。

我将小熊布偶举在空中，踏着雪朝她走近。

女孩接过自己丢的东西，说了一声谢谢，呼出一口白气。她专心致志地揉着布偶，神情像哲学家一般复杂。

“那是什么？”我问。

她展眉笑道：“饼熊。”

她说自己有同款不同色的五只宝贝小熊，名叫“软软饼熊战队”。“饼熊”这个有趣的名字固然令人难忘，而她介绍时的笑容更让我记忆犹新。

○

此刻是八月十二日傍晚六点，明石同学他们也该坐着时光机回来了。

我靠在下鸭幽水庄过道的墙上，面对着坐在沙发上的相岛学长。当一群人滥用时光机来回奔走于今天和昨天之间时，唯有他坚持停留在现在，冷眼旁观着这场闹剧。

“可以告诉我，你们到底变了什么戏法吗？”

相岛学长的声音中透着怀疑，他依然不相信时光机真实存在。

按照他的判断，所谓时光机只是一种大变活人的魔术，而本该回到昨天的我在脱离时光机的情况下走出209号房便是不动如山的铁证。就算我解释说自己是硬挨过来的，他也依旧充耳不闻。

“其他人也都一样吧？你们假装消失，实际上是藏起来了。”

“我们为什么要这样大费周章？”

“你问我，我去问谁啊？”相岛学长愤愤不平地说道，“你们合起伙来捉弄我，无礼之极！”

我勉强忍住让他自己试一试的冲动，毕竟为时光机造成的众多麻烦提心吊胆了这么久，我可不想再给宇宙制造新的危机。时光机是碰不得的，它带来的风险太大了，毫无实用价值可言。

“不相信就算了，时光机对人类来说为时过早。”

“你承认那些都是戏法了？”

“随你怎么想。”

我不耐烦地说道，相岛学长再也不说话了。

黄昏时分，四周静悄悄的，耳边只有隐约传来的蝉鸣声。

冷不防地，熟悉的闪光照亮了整条过道，猛烈的旋风也如影随形。时光机出现在我们眼前，上面的乘客都滚了下来。

樋口师父慢吞吞地站起身。

“诸位可安然无恙？”

“无论何时我都精神抖擞！”小津说道。

“虽然没什么大问题……”羽贯小姐一边说，一边替城崎学长和明石同学揉背，晕时光机的两人都趴在地上起不来。

不过，明石同学还是拼命地爬向时光机。

“我要去接学长……”

“不用了，明石同学，我已经在这儿了。”

众人都向我看了过来，震惊得一动不动。他们似乎总算意识到我也在场，一个个露出撞见鬼的表情。

“你是怎么回来的？”

我回答小津：

“我回不来。”

○

被留在昨天的我究竟是如何折返今天的呢?

如前所述，可乐事件发生后，209号房迎来了守灵之夜。在樋口清太郎敲响的木鱼声中，公寓租户们你方唱罢我登场似的前来吊唁。因为房间里一直都有人，我根本没机会逃离壁橱。于是，伴随着节奏稳定的木鱼声，我打起了盹来，最后记得的便是樋口师父那句“四叠半中轻井泽，灭却心头火自凉——笃”了。

等我醒来时，阳光已从门缝中钻进屋内。大汗淋漓的我仍然意识蒙眬，有好一会儿不知自己身处何地。

我发了一阵子呆，听见壁橱门外传来“浑蛋”“我才不怕”的争吵声。我向外张望一下，才发现是上身赤裸的小津和我正有条不紊地互相用毛巾抽打对方。看来，我是在这个壁橱里一睡到天明了。

很快，我耳边就传来明石同学清澈的嗓音：

“憨憨的友谊地久天长。”

后面发生的事诸位读者都早已知晓——田村同学出场、樋口师父起床、城崎学长和羽贯小姐来到、大伙儿发现时光机、开会决定穿越的目的地、首批探险队（樋口师父、羽贯小姐、小津）出发、田村同学再次出场、第二批探险队（我和明石同学）出发……

在此期间，我始终藏身于209号房的壁橱之中。

在炼狱般的酷暑中，连我都佩服不吃不喝，甚至上不了厕所的自己能坚持一整天。然而，最让我忍无可忍的还是无法阻止包括自己在内的一帮人昨天的愚蠢行径。毕竟一旦开口，之前的努力可都要付诸东流了。我眼睁睁地看着从昨天回来的樋口师父不顾城崎学长的忠告，将遥控器裹得里三层外三层，明知他那样做会招致悲剧，也只得咬牙切齿地袖手旁观。

总算走出壁橱的那一刹那，我体会到了前所未有的酣畅淋漓。对憋在壁橱里一整天的人来说，四叠半凉爽得好像轻井泽，从水龙头里流出的自来水也如同贵船[1]清澈的山泉。我将头伸到水槽里，任凭水流冲洗，又喝了一肚子温温的大麦茶，开门打算完成第一要务——上厕所。

相岛学长独自一人坐在过道的沙发上。

“怎么回事？你是什么时候回到房间的？”

说话时，他镜片后的双眼瞪得老大。

“从昨天起，我一秒钟都没离开！”

我大喊一声，懒得再搭理他，直奔厕所。

就这样，我凭借一己之力回到了八月十二日。

1 注：日本京都左京区的一个地名。

○

羽贯小姐有些哭笑不得地说道：

“一整晚都窝在壁橱里？算你狠。”

“我实在想不出别的办法。”

“咦……”羽贯小姐忽然有些不可思议地说道，“我们马上去昨天接你回来的话，到时候不就有两个你了吗？该怎么办才好？”

“我都说了，不必去。”

从昨晚到现在，一直都有两个我同时存在。不过其中一个坐时光机去了昨天，再也不会回来了。实际上，那个没回来的我会躲在壁橱里，最后成为如今讲述整件事的人。

不过，羽贯小姐还有些想不通的样子。

“总有种被耍的感觉……樋口，你认可这种说法吗？”

“就算不认可，也没资格发牢骚。”

明石同学站起身，长吁一声，脸上也渐渐有了血色。她缓缓地走到我跟前，眉头紧锁地盯着我看，仿佛在辨别真假似的。

“也就是说，我们不用去接你了？”

“因为我已经在这里了。”

明石同学松了一口气，说：“我是打算去接的。”

“我知道，但是你不必介意了。”

“现在可以算告一段落了？”

“嗯。”

我们默默地望着时光机，田村同学举手说道：

“不好意思，虽然有些仓促，但我该告辞了。”

“这就回去了？留下来再玩玩嘛。”小津说道。

“大家好像都很担心。”

“大家？”

“刚才去未来拿遥控器的时候，委员会的人和我自己都把我痛骂了一顿，说是半年前总等不到我回去，大伙儿可着急了。所以，我还是早点上路比较好。”

田村同学说着，彬彬有礼地欠了欠身。

“给各位添麻烦了。”

“你别再来了……”城崎学长有些生气地说道，“我真的是被整惨了。”

“没必要说这种狠心话吧？”羽贯小姐说道。

“毕竟多亏了机智的田村同学，我们才拿到遥控器，连我都想不出那种主意，简直是天才的灵感。”小津说道。

“别把城崎的话放在心上，”樋口师父拍了拍田村同学的肩膀，“想来玩就过来，不用和我们客气。”

“谢谢师父，这话我爱听。”

归根结底，要是田村同学没有乘坐时光机来到现在，我们也不会计划回昨天拿遥控器，宇宙自然就不至于濒临毁灭。我对他那种毫无穿越者责任感的言行义愤填膺，却对他莫名产生不了恨意。如果我们出生在同一个年代，想必会成为好朋友。我衷心希望田村同学回到四分之一个世纪后不要被樋口清太郎那样的怪人引入歧途，能过上有意义的学生生活。

“各位请多保重！”

他说出这句略显传统的告别后，便拉下操纵杆，与时光机一同消失不见。就和意外的登场一样，他的离去也如同夏日的幻影般转瞬即逝。

“走了啊。”

明石同学自言自语道。

气氛似乎有些伤感，相岛学长战战兢兢地问道：

“不会……真的是时光机吧？”

“你还没弄明白啊？”

城崎学长无奈地说道。

○

“明石同学今天在吗？”

屋顶上的喇叭里传来房东沙哑的嗓音。

“你昨天有东西落在这里了，请过来拿一下。”

明石同学抬头望着喇叭，疑惑地嘀咕道：

“到底是什么呢？我去看一下。”

樋口师父他们一边等她回来，一边商量起庆功会的事。

本来我们昨晚就该为电影《幕末软脚蟹列传》开杀青庆功会，却因为要为空调守灵而不得不推迟。他们的意见是，既然自己拯救了宇宙，更该好好庆祝一番。诸位读者想必心知肚明，拯救宇宙的人其实是我和明石同学，其他人从头到尾都在帮倒忙。不过，我也没精力去和他们争辩了。

羽贯小姐指着过道的角落问道：

“那不是田村同学的包吗？”

我顺着她指着的方向望去，看见地上放着一只黑色的挎包。从那与未来感无缘的土气来看，毫无疑问就是田村同学的东西。

“真是一个粗心的穿越者！”

“他大概要回来拿的吧。”

“先放我这儿。”

哪怕只是一只土里土气的挎包，也好歹来自未来，不乖乖收好的话指不定又会引起什么时空危机。

我打开209号房的门，把田村同学的包放在水槽边。

关门前，我不经意地抬头看了一眼自己屋里的空调。

听田村同学说，四分之一个世纪之后209号房依然在用同一台空调，本以为一命呜呼的它居然奇迹般地起死回生，并在漫长的岁月中不懈奋斗。这么看来，打从一开始就没时光机什么事。我们只不过莫名其妙地让宇宙陷入危机，又为了善后而吃尽苦头，上演了一出“白白浪费时光机资源”的戏码。

我陷入一言难尽的羞愧中，这时小津凑过来说道：

“今晚你可得请客。”

“凭什么？

“你为了遥控器坏掉的事情不断报复我，可既然遥控器已经修好，那我也不能白白受一番折磨。”

“打翻可乐的是你，不算冤枉吧？”

这时，我发现了疑点。

“是不是有点奇怪？”

“哪里奇怪了？”

“昨天被你泼了可乐的是在田村同学从未来拿来的遥控器吧？今天明石同学把它带去了电器商店，难道说遥控器最后修好了，一直留到未来？”

“是啊，这样一来不就说得通了吗？”

“等等，说得通才有鬼呢！”

我从过道上的杂物堆里抽出一块旧黑板，用粉笔将超越时空的遥控器移动路线图画在上面。

昨天，遥控器被泼了可乐

↓

遥控器被修好

↓

遥控器一直在209号房使用

↓

遥控器在二十五年后被田村同学带回昨天

↓

遥控器被泼了可乐

（无限循环）

“这就有点不对劲了。”

樋口师父摸着下巴嘟囔道。

按照这张路线图，遥控器在某一刻凭空诞生于这个世界，此后便一直在二十五年的时间范围内反复往返。

绝不可能发生这种事，这就意味着，我们一定在根本上搞错了什么。

就在这时，明石同学从过道尽头走来。

“你们怎么了？”

“明石同学，有大麻烦了。”

“我这边也有重大发现。”

说着，她递给我们一块沾满泥巴的东西，正是房东今早在茶毛的狗窝里发现的失物。房东对此毫无头绪，猜测是昨天参与拍摄的某个学生落下的。然而明石同学一拿到手上，就确信它是茶毛从院子里挖出来的。

“应该是空调遥控器吧。”明石同学说道。

“难道说……”城崎学长小声地说道，“是我一百年前丢在沼泽里的？”

我们洗掉上面的泥巴，又用剪刀剪开严严实实的保鲜膜，发现那果然是熟悉的遥控器。一百年前沉入沼泽的它一直在原地长眠，多亏了热衷于挖洞的茶毛才重见天日。

面对跨越百年的奇迹式重逢，我们都说不出话来，直到羽贯小姐开口说道：

“说不定还能用。”

“不可能，都过去一百年了。”

“可它看上去一切正常。”

“毕竟被我缠得严严实实。”樋口师父自豪地说道。

我给遥控器装上电池后对准空调，按下电源键。伴随着一声轻快的电子音，舒爽的凉风拂过我的面颊。

所有人都发出了惊叹。

“原来是这么回事。”

我全面修改了黑板上的路线图。

遥控器在一百年前沉入沼泽

↓

遥控器沉睡在地下长达百年

↓

遥控器在今天早上被茶毛挖出来

↓

遥控器一直在209号房使用

↓

遥控器在二十五年后被田村同学带回昨天

↓

遥控器被泼了可乐

真是一场跨越一百二十五年的时空大冒险，就连被小津泼了可乐的愚蠢结局都让人感受到了命运的意志。

"'穿越时空的遥控器'啊。"

明石同学有点难为情地轻声说道。

○

既然结果有惊无险，剩下的就是开庆功会了。

自称“无与伦比的炒饭爱好者”的樋口清太郎以坚不可摧的意志说道：

“盛夏的一碗炒饭才是青春的晚餐。”

自称“无与伦比的啤酒达人”的羽贯小姐像对着流星祈祷一般嚷嚷着：“啤酒！啤酒！啤酒！”

于是，我们决定前往出町柳的一家中餐馆，因为炒饭和啤酒时常在那里碰头。

刚走出公寓大门，我就想起自己忘带东西了。

“相岛学长的眼镜！”

城崎学长乘坐时光机回到一百年前的那会儿，我们虽然没有找到遥控器，却发现了眼镜。后来我把它放在自己房间的桌上，就再也没有惦记这件事了。

“我去拿一下。”

说完，我脱了鞋原路返回。

可我走到楼梯一半，二楼便传来轰鸣声，身边还刮起了剧烈的旋风。我对这动静再熟悉不过了，于是加快脚步上楼，朝过道里望了一眼。果不其然，田村同学正一惊一乍地从时光机上站起身来。

“田村同学，你这么快就回来了？”

“真不好意思，”田村同学转过头来，难为情地笑着说道，“我把包忘在这儿了，你看见我的包了吗？”

“放心，我替你收好了。”

我打开209的房门，田村的包还好好地摆在水槽旁。

我拿起包递给他，却不小心脱了手。包裹落地后里面的蔓草纹毛巾等一堆零散物件被震了出来，在过道上滚得到处都是。

“对不起。”

说着，我蹲下身，目光瞬间被某件东西牢牢吸引——那是一只浑身脏兮兮的小熊布偶。

“田村同学，这是什么？”

“它叫饼熊。”田村同学一边把东西塞进包里，一边说道，“搬出来住的时候我妈硬塞给我的，说是四叠半公寓的生活太孤单了。明明我不想要的，但还是塞过来了。我妈还有好几只呢，统称为‘软软饼熊战队’……”

哪怕经历了岁月的洗礼，我也不可能认不出那圆滚滚的屁股。银装素裹的马场风光在我脑海里清晰浮现，漫天的雪花、明石同学的脚印、埋没在大雪中的小熊布偶——来自二十五年后的田村同学怎么会带着它？理由已经不言而喻了。

“你是明石同学的儿子？”

“嗯，就是这么回事。”

田村同学合上包，吐了吐舌头。

“你怎么不早说！”

“这种话当面说不出口啊。”田村同学笑得很爽朗，“我好歹也有穿越者的自觉，知道胡乱改写历史会让自己吃不了兜着走。田村也是假名，因为爸爸是入赘的，我其实姓明石。”

“居然有那种事……”

“别告诉我妈妈，她还一无所知呢。”

“这没问题……”我叹了一口气，“也就是说，你早就对一切都心知肚明，包括今天这里发生的事？你的母亲……明石同学都告诉你了吗？”

“也不是啦。”田村同学一边坐上时光机，一边说道，“我妈怕难为情，不愿意和我提她上学时候的事，我爸也对他俩的相识守口如瓶，说什么‘终成眷属的恋情不提也罢’。所以我也只知道一些零碎的事实，要是他们早把这一切都告诉我，我也不至于像现在这样狼狈。好在宇宙摆脱了危机，遥控器也得救了，没什么好抱怨的。结局皆大欢喜就好啦！”

田村同学设置好目的地。

“这回是真的要说再见了，我的朋友们还在二十五年后等着我呢，说好了去出町柳的中餐馆庆祝时光机研制成功。”

“等一等！”我慌忙冲向时光机，“再告诉我一件事——你的父亲是谁？”

田村同学像西部片里的牛仔那样竖起食指，弹了弹舌头。

“那可不行，说出来岂不是会改变未来？我才不要冒那种风险，身为穿越者，可得负起责任啊。”

他说着，露出一丝坏笑。

“未来要靠自己去争取哟。”

“这么土里土气的还给我装酷。”

“我就是这么一个人啦。”

田村同学闭上了一只眼睛，那样子过于别扭，几乎让人察觉不出他的意图。不过事后回想起来，他应该是在给我递眼色吧。

“祝你旗开得胜，就此别过！”

田村同学留下这句略显传统的告别后，再次返回未来。

我发了一会儿呆，就拿着相岛学长的眼镜回到公寓大门口，还被伙伴们责怪动作太慢。我决定将自己和田村同学的那段对话埋藏在心中。

“就是这副！”相岛学长接过我递给他的眼镜，兴高采烈地说道。

唯独明石同学对我的神色起了疑心，在大门外的石子路上问我：

“遇到什么事了吗？”

“不，没什么。”我摇了摇头。

○

我们从下鸭幽水庄漫步到暮色下的下鸭泉川町。

在时光机骚乱中，我感觉自己一直被关在“昨天和今天”里无法脱身。事实上，我的确比其他人多活了二十四个小时（哪怕只是躲在壁橱里），自然会觉得这两天格外漫长。

无论是街头余晖下的深蓝色阴影，还是偶尔扫过的凉风，都让我有种许久未见的印象。

“难以置信，简直岂有此理！”

相岛学长边走边发牢骚。

“用时光机在昨天和今天来来回回，真是暴殄天物。还有很多有意义的使用方法吧？好歹带点有历史价值的东西回来。”

他的心情我能理解，可他又有什么资格说这种话呢？

“河童传说的谜团解开了。”

听我这么一说，城崎学长又来劲儿了，冲着樋口师父恶狠狠地说道：

“我还没有原谅你呢！”

“你这人也真够小心眼的，当历史人物不好吗？”樋口师父仰望着黄昏的天空，笑着说道。

“师父，好在空调又能用了，一开始真是茫然无措呢。”

“嗯，这样一来，夏天的最后一段时间也能好过些。”

小津和樋口师父你一言我一语道，弄得我也忍不住插嘴：

“你们什么意思？可别在我房间里安家啊。”

“不会，没必要那么麻烦。”

“此话怎讲？”

“冷气会从你房间渗透过来的。”

樋口师父告诉我，下鸭幽水庄里那些薄薄的墙壁布满了缝隙，通过占209号房冷气的便宜，他每年夏天都过得舒舒坦坦。不过，长期住在里面的司法考试落榜生今年搬家了，我才被选为下一个冤大头。

说起来，最早通知我209号房空出来的人是小津，凭三寸不烂之舌鼓动我搬过去的人是小津，就连帮我从一楼搬东西到二楼的人也是小津。我还以为那是他在替京福电铁研究会的事向我赔罪，简直单纯得可以。

“原来还有这种构造……”羽贯小姐说道，“难怪那个屋子总是很阴凉。”

我愣得说不出话来，樋口师父亲切地对我说：

“阁下，我允许你入我门下，今后也请多多关照。”

明石同学回头朝我露出一个微笑。

“这可是好事啊。”

可我只能尴尬而不失礼貌地笑了笑。

这样真的好吗？我是不是已经上了贼船，直到被榨干为止？

小津凑过来搂住我的肩膀。

“所以，今后也麻烦你多多关照啦。”

“除了阴谋诡计，你还会什么？”

“别这么说嘛，一切都是为了你好……”小津仍旧摆出那副妖怪般的嘴脸，不知廉耻地笑道，“这是我的爱啊。”

“谁稀罕那种脏兮兮的东西啊！”

○

穿过一片松树林，眼前是深蓝色的美丽天空。

我们一同来到堤坝下方，走向鸭川三角洲的尖端。在越来越响的流水声中，樋口清太郎气势汹汹地站在三角洲的尖端，活像屹立于船首的船长。从东北而来的高野川和从西北而来的贺茂川在我们眼前汇集一处，形成了鸭川，向南滔滔而去。

在星星点点的路灯映照下，波光粼粼的河面宛如一层锡纸。贺茂大桥威严地耸立在前方不远处，栏杆上整齐的电灯散发着橙色的光芒，五彩斑斓的车流在桥上络绎不绝。慢慢笼罩在暮色中的河岸两旁时不时可见遛狗的行人和纳凉的学生。

我踩着河中的石头一蹦一跳地前往贺茂川西岸，唯独明石同学跟了上来。

“大家都走得很慢呢。”

“他们到底想不想开庆功会？我都快饿死了。”

对炒饭和啤酒无比渴望的我回头看着鸭川三角洲。

站在尖端处张开双臂的樋口清太郎成了行人退避三舍的对象。小津不小心踩到河里，弄湿了裤腿，被羽贯小姐指着鼻子笑话了一番。一旁的城崎学长生怕她掉到河里，提心吊胆地伸出双手拦着。相岛学长独自站着擦着他心爱的眼镜，像是想起什么似的露出了一脸坏笑。真是一群怪人。

我为什么会和他们在一起呢?

可是，看着身边的这般场景，我有一种难以言喻的怀念之情，强烈感觉自己从前也遇见过一模一样的画面，好像一切都在不断重演。也许这就是所谓的错觉吧。

河对岸的城市上空浮现出大文字山的轮廓。

“刚才我就在想……”明石同学站在我身旁,“说不定连时光机也改变不了过去。”

“那怎么可能？”我反驳道,“过去之所以没改变，靠的是你我还原了一切，要是让樋口师父和小津肆无忌惮下去……”

“可他们最后还是肆无忌惮啊。”

这话倒也不假——羽贯小姐大摇大摆地出现在我们过去的拍摄现场，樋口师父甚至从昨天的自己手中偷走了沙宣。可是到了最后，场景还是奇迹般地还原了，未免也太巧合了。只是，假如连时光机也改变不了过去，我们的努力究竟是为了什么呢?

“我觉得，时间就像一本书。”明石同学抬头望着深蓝色的天空说道,“我们之所以以为时间的流动是从过去前往未来，是因为我们只有这样的经验。比方说，面对眼前的一本书，我们不可能一瞬间就了解其中的所有内容，只好一页一页地翻过去。可书中的内容早就写完了，无论是遥远的过去还是遥远的未来……”

我终于明白她话里的意思了。

“你是说，一切早就被定下来了？”

“如果未来的人类发明了时光机，书中自然也会记录那件事，时光机所引发的各种情况也不例外。所以‘过去无法改变’这种说法或许不准确，因为一切都早已发生，不是改不改变的问题。”

“可照你这么说的话，未来岂不是没有丝毫的自由？”

“我们对未来一无所知啊，既然不知道就可以做任何选择，这难道不就是自由吗？”

“我们至少知道将来会有一个叫田村的人。”

“是啊，”明石同学笑着说，“很有趣的人，我都有点想他了。”

说完这些，她望着鸭川出了一会儿神。我问她在为什么事伤脑筋，明石同学说根据她刚才的想法，电影《幕末软脚蟹列传》的故事该改写了。

的确，电影中的主人公银河进穿越到过去阻止了明治维新。假如明石同学的说法成立，无论他怎么闹，那种事都不可能发生。

“你不会是想重拍吧？”

“哪儿跟哪儿啊？”明石同学笑了，“我只是想拍新片。”

“嗯，那样是比较好。”

“我觉得，学长昨天说的‘迷失在四叠半世界的人’就不错。”

一瞬间，我脑中闪出电光石火般的灵感。

“就叫《四叠半神话大系》怎么样？”

“很好啊。”明石同学满面春风。

我们还有另一个剧本素材，就是昨天和今天发生在下鸭幽水庄的事——围绕田村同学与时光机的闹剧。我们可以就地拍摄，除田村同学以外都不需要额外的演员。

“名字叫什么好呢？”

“我已经决定了。”明石同学回答。

“什么？”

“就叫《夏日时光机》，不错吧？”她微笑着问我。

○

《四叠半神话大系》和《夏日时光机》，能继续帮她一起拍电影这件事让我心情愉快。我决定要让它们变成可爱又无聊的电影，任凭社团老大城崎学长面无血色。

不过，眼下的紧要问题还是参观五山送火会——昨天，也就是八月十一日傍晚，明石同学已经答应了我的邀请。

可我那样做是因为八月十二日的明石同学拜托了我，男女之间的约定如果仅仅来自这么被动的原因，想必也不成立。反过来说，八月十一日的明石同学又会觉得是我主动约她的。既然她点头，至少说明当时并不反感我。可是，明石同学已经知道八月十一日邀请她的人其实是八月十二日的我，而我只是听从了八月十二日的明石同学的吩咐。所以，眼前的明石同学没理由把我昨天的邀请当真。

我看了一眼鸭川三角洲的方向，发现小津他们总算朝这边走过来了。

“各位，我们快点去开庆功会吧！”

明石同学朝他们用力挥手说道。

我在一旁望着她的侧脸，琢磨起田村同学说过的话。

田村同学的父母是在学生时代相识的，既然他的母亲是明石同学，父亲又是谁呢？是我们熟悉的人吗？还是未知的人物？

管不了那么多——我心里暗自想着。

从今天起，我要对一成不变、绵延到时空尽头的四叠半大队说再见，才不要过昨天和今天一样、今天和明天一样的生活。我深吸一口气，正要对明石同学说话时，却听见她轻声问我：

“学长，我们在哪儿看五山送火会？”

○

我绝不会忘记那个夏日的傍晚。

我们的夏天就这样走向终点，即使使用时光机也难以重现。

后来，我和明石同学关系的发展脱离了本书的主旨，请恕我不再一一详述那段既甜蜜又腼腆的时光。诸位读者也不必浪费宝贵的时间，去读那些令人皱眉的内容。

终成眷属的恋情，不提也罢。

原载于《角川文库小说志》二〇二〇年六月刊~八月刊

原作名：四畳半タイムマシンブルース；作者：森見登美彦；故事原案：上田誠
YOJOHAN TIME MACHINE BLUES

First published in Japan in 2020 by KADOKAWA CORPORATION, Tokyo.
Simplified Chinese translation rights arranged with KADOKAWA CORPORATION, Tokyo.

著作版权合同登记号：01-2021-4554

图书在版编目（CIP）数据

四叠半时光机布鲁斯 / (日) 森见登美彦著；冯锦源译. -- 北京：新星出版社, 2022.2（2026.3 重印）

ISBN 978-7-5133-4766-2

Ⅰ. ①四… Ⅱ. ①森… ②冯… Ⅲ. ①中篇小说－日本－现代 Ⅳ. ①I313.45

中国版本图书馆CIP数据核字（2022）第009828号

本书为引进版图书，为最大限度保留原作特色，尊重作者写作习惯，酌情保留了部分外来词汇。特此说明。

四叠半时光机布鲁斯

［日］森见登美彦 著；冯锦源 译

责任编辑：李文彧
特约编辑：邱建菲
责任印制：李珊珊
装帧设计：何晓静 杨 玮

出版发行：新星出版社
出 版 人：孙志鹏
社　　址：北京市西城区车公庄大街丙 3 号楼　100044
网　　址：www.newstarpress.com
电　　话：010-88310888
传　　真：010-65270449
法律顾问：北京市岳成律师事务所

读者服务：010-88310811　service@newstarpress.com
邮购地址：北京市西城区车公庄大街丙 3 号楼　100044

印　　刷：凸版艺彩（东莞）印刷有限公司
开　　本：890mm × 1240mm 1/32
印　　张：5.5625
字　　数：108千字
版　　次：2022年2月第一版 2026年3月第四次印刷
书　　号：ISBN 978-7-5133-4766-2
定　　价：46.00元